UG novels

「無駄」の従者にして闇の黒幕

～勇者は俺の操り人形です～

大沢雅紀
Masanori Osawa

［イラスト］
TYONE
Illustration TYONE

三交社

「無駄」の従者にして闇の黒幕 ～勇者は俺の操り人形です～

［目次］

Contents

1話　無能と呼ばれた少年ノアは過去を懐かしむ

「あははは。いいざまだな。無能のノア」

「ノア、てめえには一生魔法が使えないって結果が出たのに、何居座っているんだよ」

「いいから、この学校から出て行けよ。てめえみたいな奴がいると、アテナ様やアルテミスたんが迷惑するんだよ」

本当に勝手なことを言いやがって。俺がいるから彼女たちが迷惑ってなんでだよ。完全に言いがかりだろうが。

「おらっ！」

顔面に魔力がこもったを蹴りを入れられて、俺は地面に這いつくばった。

周囲には生徒どころか教師までいるのに、誰もニヤニヤして見ているだけで助けようとしなかった。

当たり前か。ここ魔法学園は、魔族と戦う救世主である勇者の従者になるための学校だ。

それには力こそすべて。身分も知能も関係ない。ということになっている。

ただ勇者の役に立つ力を追い求めた結果、学内は強い者が偉くて何をやってもとがめられないという歪んだ実力主義になってしまった。

こんなことなら魔法学園に来るんじゃなかった……痛みに耐えながら、俺は今までのことを思い返していた。

※　　※　　※

俺の父はＳＳＳ級の冒険者で、「魔王封じ」の異名をもつほどの剣の達人だった。俺と同じく魔法は使えないが、父が参加するとなぜか冒険者パーティの魔力が上がるということで重宝されていたらしい。

同じく冒険者だった母は俺が小さい頃に死んだらしく、王都で教師をしていたセレームさんと再婚し、彼女の連れ子で血のつながらない妹アルテミスができた。彼女は黄色い髪をした元気な美少女で、小さい頃は俺に良く懐き、どこに行くにもついてきていた。

「アルテミスね。おにいちゃんと結婚するのー」

「お父さんは？」

「そのころにはおじいちゃんになっているからだめーー」

そう言われて落ち込んだ父の顔は良く覚えている。

「ぐぬぬ……」

「あなた。私の娘に手をだすつもりですか？」

穏やかな声でつぶやいたのは、セレーム母さん。なんか怖かった。

「い、いやそういうわけじゃなくて……」

父がオロオロしていると、元気な声が響き渡った。

「おはようございます師匠。今日も修行よろしくお願いしまっす！」

近くに住んでいる騎士の娘であるアテナがやってくる。青い髪をしたクールビューティーだったが、よく姉貴分として俺たちの面倒をみてくれていた。

「アテナちゃん。アドルフ《師匠》はちょっとお話があるから、みんなで遊んでいてね」

セレーム母さんはそういうと、親父の耳を引っ張って家の奥にひっこんだ。

「しょうがない。勇者ごっこをするか。私が勇者だな！」

「アテナ姉ちゃんが勇者なら、私は聖女様ーーーー」

アルテミスは元気よく主張してくる。

「俺は？」

「ノアは弱いから、魔王の役だ」

こうして毎日のように俺は一方的にボコられ、アルテミスに介抱される。その後はセレーム母さんから勉強を教わっていた。

「それじゃ魔法について。大きく分けて、盾と契約して使えるようになる『強化魔法』、玉と契約して使える『攻撃魔法』、杖と契約して使える『治療魔法』が存在します」

セレーム母さんの優しい声が響く。教会で行われる授業には、俺やアルテミスだけではなく、アテナ姉さんや近所の子も集められていた。

そこでは魔法の授業だけではなく、歴史についても教わる。

「勇者様と彼に従って魔神と魔王を倒した三人の従者についての伝説について授業をはじめます」

セレーム母さんは一枚の絵を見せる。剣を振りかざした少年と、彼を守るかのように隣に並ぶ盾を持った大柄の全身騎士、玉に手を触れている魔術師、そして白い杖を掲げている聖女がいた。その後ろに何も持ってない平凡なハゲ頭の男もいる。

疑問に思った俺は手をあげて質問した。

「はい。ノアくん」

「後ろのハゲは誰？」

俺の言葉に教室は笑いに包まれた。

「クスクス……この人は従者じゃなくて、雑用係みたいな人よ。四人の魔力を使って、便利な道具をいろいろ作っていたみたいだけど」

セレーム母さんはそういうと、勇者と従者に話を戻す。

「魔神クロノスは彼らによってはるか地の底に封印され、その部下である魔王たちも各地に封印されました。そして勇者はこの国を作り、三人の従者は公爵となって彼を支えたのです。しかし、魔神クロノスは数百年後に再び目を覚まし、世界を破壊し尽くすといわれています。そのときの為に、私たちは警戒を怠らず力を磨きましょう」

「はーい」

俺たちはそう返事をすると、魔力増強の基礎訓練に取り掛かる。

「あら、ノア君の魔力は強いわね。さすがアドルフの息子ね。あなたは強い冒険者になれるわ」

褒められて俺は気分を良くする。しかし、俺は無駄なことをしていたと気づいていなかった。

今から思い出しても、当時は幸せだったと思う。俺の横にはアテナとアルテミスが姉妹として常に一緒だったし、後ろには父とセレーム母さんがいて見守ってくれていた。

そんな幸せな生活も四年前に終わりを告げる。きっかけは封印された六魔王のうち、海の魔王ポセイドンの封印されたダンジョンが見つかったことだった。

その封印は今にも破れそうで、国王は伝説の従者が使ったオリジナルの『盾』『玉』『杖』の聖具を現在継承している公爵家に再封印を命じた。

しかし、平和な時代が続いていたせいで彼らは戦闘力に自信がなく、魔物がたくさんいるダンジョンを攻略できなかった。それである商人を通じて冒険者である父に依頼がきたのである。

「アドルフ。海魔王ポセイドンが封印されている洞窟が見つかったそうだ。公爵様たちの護衛依頼が来たぞ」

父にそう告げるのは、貴族や冒険者ギルドに顔がきくヘルメスという太った商人だった。

あまり乗り気でない父さんを、ヘルメスは説得する。

「勇者が育つまで時間がかかる。なら、SSS冒険者であるお前が少しでも時間を稼ぐしかないだろう」

「護衛か……だが、果たして魔王を倒せるのだろうか？」

躊躇する父に、ヘルメスは大きな壷を見せた。

「心配するな。伝説の魔道具を持ってきた。勇者が魔王を封印するために使ったといわれる『封神壷』だ」

「そんなもの、どこで？」

「大切な友人の為に、俺が国と交渉したのさ。きっとお前ならこの壷を使えるはずだ」

ヘルメスが父に壷を渡すと、キラキラと輝いた。

「だが……俺には荷が重い。妻と子供もいることだし」

「魔王を封印することが、家族を守ることにも繋がるんだぞ。もし魔王が復活したら、この世界はどうなるだろうな」

ヘルメスの脅しのような言葉に、父はしぶしぶうなずいた。

「わかった。魔王と戦おう」

そう決心する父を、ヘルメスはニヤニヤとしながら見つめていた。

その日が父を見た最後の日となった。

もともと体の弱いセレーム母さんは父がいない間に病気で亡くなり、家では俺とアルテミスだけが取り残された。俺は必死になって働き、妹を守ってきた。

そして今から一年前、最悪の知らせが届く。

「父が死んだって……？」

俺とアルテミスは、抱き合って泣き続ける。聞いた話では、父は公爵家から派遣された三人の現従者を守りぬき、海魔王ポセイドンの所までたどり着いた。

しかし、封神壷で魔王を封印すると同時に、魔王の反撃にあって死んだらしい。

俺とアルテミスは、王都の片隅にある墓場で変わり果てた父と再会した。

「お父さん！」

涙を流して遺体にすがりつく俺たちの耳に、後ろでささやき交わす三人の現従者たちの声が聞こえてきた。

「たかが平民の冒険者の分際で、でしゃばるから死んじゃうのよん」

「我々の足を引っ張るだけの役立たずが」

「死んでくれて結構なことだ。平民が魔王を封印するなど、思い上がりもはなはだしい」

葬儀の席でそんな陰口を聞いて、俺は悔しさのあまり拳を握り締めた。

父の死という現実に打ちのめされた俺達は、何日か何もせずに過ごしたが、現実は甘くなかった。

「このままじゃ、金が足りなくなる」

国からはほんのちょっぴり報奨金が出たが、俺と妹が数年生活できる程度の金額でしかない。途方に暮れているところに、ヘルメスからある話を持ちかけられた。

「何しに来たんだよ。お前が余計な話を持ってきたから、父さんが死んだんだぞ」

いきり立つ俺を、ヘルメスはまあまあと宥める。

「他の魔王の復活に備え、魔法学園が勇者の新しい従者を養成するために国内から広く人材を求めるそうだよ。魔力が高ければ身分にかかわらず無条件に魔法学園に入学できて、学費もタダなんだ。しかも卒業したら官士資格を得て国の役人になれるよ」

実に好条件で俺たちを誘ってくる。

「もしよかったら私が推薦状を書いてあげよう。なに、友人の忘れ形見だ。それくらいタダでやってあげよう」

恩を着せてくる彼が腹立たしいが、確かに今の俺たちにとっては都合のいい話だった。俺がこのまま冒険者になったとしても、父のようになれるとは限らなかったし、途中で命を落とす可能性が高い。俺はアルテミスと相談して学園に通うことにした。

この時の俺は、勇者の従者になどなる気はなかった。ただ卒業して国の役人になれれば安定した生活が送れると思っていたんだ。

それが甘い考えだったということに気がつくのに、そう時間はかからなかった。

十五歳になった俺たちは、魔法学園に通う決断をする。そこにはアテナも在籍しており、俺たちを温かく迎えてくれた。

半年は魔法の基礎を学ぶ時期だったが、これは冒険者の父に教育を受けていた俺たちにとっては問題なかった。

「すごいな……この魔力量。二年生の『盾姫アテナ』とBクラスの『限界のパンドラ』をはるかに凌駕する」

教師から俺の魔力量に驚きの声が上がる。

「『盾姫』って？」

「従者候補につけられるあだ名だ。女なのに重い盾を持ち、身を守りながら身体強化して素手で相手を倒していく姿からつけられたのさ」

「へえ……」

俺は昔のアテナのおてんばぶりを思い出して笑う。妹のアルテミスも俺と同様に魔力量が多く、皆に尊敬されていた。

しかし、次の判定試験で一気に俺の評価が下がることになる。

「お兄ちゃん！　私は杖と契約できたよ。治療師になれるみたい」

アルテミスの前には、三つの伝説の聖具である『盾』『玉』『杖』が並んでいる。そのうちの杖が彼女を祝福するように振動していた。

「さあ、次は俺の番だ」

「がんばって」

アルテミスに押されて三つの武器に魔力をこめるが、何も反応がない。

「あ、あれ?」

俺は焦って必死に魔力を振り絞るが、どの武器もピクリとも動かなかった。

「……どうやら、契約を拒否されたようですね?」

教師が哀れんだ顔をすると、生徒たちから爆笑があがる。

「あれだけ魔力を持っていても、聖具に嫌われたのか」

「魔力の無駄だ。『無駄』のノアだ」

俺についた二つ名『無駄』は、瞬く間に学園内に知られることになってしまった。

それからの俺の転落は早かった。俺が三つの従者魔法のうち、どれも習得することもできない『無駄』だと知ると、学園の生徒たちがいじめを始めるようになったのだ。

「なんでてめえみたいな『無駄』がまだ学校にいるんだよ」

「てめえみたいな雑魚がアルテミスたんの兄だって? 生意気なんだよ」

「ふふふ。いつも実験台になってくれて感謝します」

『盾』と契約した奴が俺を強化された体で殴り、『玉』と契約した奴が魔法を放つ。そして『杖』と契約した奴が強制的に体を治す。他の生徒たちは俺を見て笑っていた。

最初はかばってくれたアルテミスとアテナも、いつまでも俺が契約できないのを見てだんだん冷たくなっていく。

「お兄ちゃん。なんで聖具と契約できないの？　友達にも馬鹿にされて恥ずかしいよ」

家ではアルテミスにさんざん責められる。

「聖具に拒否されるということは、お前にやましい心があるんだろう。心を入れ替えて聖具に許しを乞え」

学校ではアテナに説教される。

そしてある事件で、二人に完全に愛想をつかされることになる。今代の勇者として、アレス王子が転入してきたのがきっかけだった。

2話　傲慢な勇者アレスは無能を不幸に突き落とす

アレス王子は勇者の子孫にして、現国王の第二王子。生まれたときから栄華が約束されている身分だった。王家だけに伝えられている『剣』の聖具との契約は、振動だけではなく剣自ら鞘から抜けて彼の手に渡り、真の所有者として認められた。

そんなスーパーエリートが、勇者修行と従者を探すために学園にやってくると、当然のことながら貴族の子弟の間で人気者になる。

「勇者様、私を従者に選んでください」

「お願いします。忠誠をささげます」

生徒たちからあがる声に、王子は笑顔を見せた。

「従者を選ぶのは聖具自身だよ。僕の意思では決められない。まあ僕と相性がいい人が選ばれると思うから、みんな仲良くしよう」

そういいながら、王子は教師に紹介された従者候補の代表に声を掛ける。

「『盾姫』のアテナさん。『聖女』のアルテミスさん。『限界』のパンドラさん。いずれも美しい人ですね。あなたたちが選ばれるように祈っています」

「は、はい」

ポーッと頬を染めて王子を見つめるアルテミス。

「さすが勇者様です。お優しい心をお持ちのあなたに、私の忠誠を捧げます」

アテナは王子の前に跪いて、完璧な騎士の礼をした。

「……」

俺達と交流がない、白い髪の美少女パンドラは、関心なさそうに無表情でそっぽを向いていた。

「あ、あの、パンドラ嬢？」

「あなたの精気は美味しそうじゃない。失礼する」

そのまま去っていく彼女を、生徒たちは憤慨しながら罵っていた。

「なにあの態度？」

「王子に対して失礼でしょ？」

そんな生徒たちを、王子はまあまあと宥める。

「きっと彼女は機嫌が悪かったんだよ。しかし可愛い子だったな。ふふふ……」

いかにも良い人を装いながら、王子が三人の容姿を見て鼻の下を伸ばしていることを、遠くから見ていた俺は気づかなかった。

それから、魔法学園は王子を崇める生徒ばかりになってしまった。

「お兄ちゃん。王子様ってすごいの。私の目の前で聖剣の一撃で大きな岩を砕いたの！」

家への帰り道、アルテミスからうんざりするほど王子のすごさを聞かされる。

「彼こそ真の勇者だ。力に奢らず、弱き者に優しい。ノアもあのような気高い心を持ってほしい」

さらに途中まで一緒に帰っているアテナまで王子を引き合いにして説教してくる。

正直言って、他の男の自慢話など聞きたくもなかった。

「ああ、そうだね。すごいね」

うんざりして生返事をすると、二人から睨まれる。

「お兄ちゃん。王子に嫉妬しているの？　心が狭い」

「そんな卑屈な心をもっているから、聖具に拒否されるんだ。性根を入れ替えろ！」

二人にうるさく責められるので、俺は沈黙するしかなかった。

そんなある日、三年生の不良生徒に絡まれる。

「おうおう。『無駄』が女と歩いているぜ」

「お前ら、いつまでこいつを相手しているんだよ」

「そんな暇があるなら、王子を見習って修行しろよ」

三人は言いがかりをつけて威嚇してくる。アルテミスとアテナは警戒態勢をとった。

「お、お兄ちゃんと一緒に帰って何が悪いのよ」

「お兄ちゃんだって。かーわいい。ちょっと俺と付き合えよ」

盾を装備した不良が、魔力で身体強化をしながらアルテミスの腕を掴む。

「アルテミス！」

「おっと、あなたの相手は私ですよ！」

二人目の不良が、生身のアテナに玉を突きつけた。

「くっ……ノア！　アルテミスを守れ！」

アテナに言われるまでもなく、俺は必死に脚を動かそうとしていた。だけど足は地面に張りついたように動かない。よく見ると、三人目の不良が俺に杖を向けていた。

(もしかして……麻痺魔法？)

俺はそう思ったが、体が痺れて動けない。

「へへへ……こいつはびびって動けないみたいだぜ」

不良たちがいやらしく笑う。違うといいたがったが、その時は全身が痺れて口も動かせなかった。

「どうした！　なぜ動かない！　それでも男か！」

しかし、アテナにはいらただしげに俺を叱責する。三人目は相当高度な魔法の使い手らしく、無詠唱で俺に魔法をかけているのを悟らせなかった。

「ざまあねえぜ。腰抜けが」

三人が俺をあざ笑った時、澄んだ声が響き渡る。

「シャインショット！」

建物の影から現れた少年が剣を振るうと、光の矢が飛んできて、三人の不良は吹っ飛んでいった。

同時に俺の麻痺魔法も解ける。

「アルテミス！」

急いで駆け寄って助け起こそうとしたが、帰ってきたのは俺を拒絶する言葉だった。

「触らないで！　どうして守ってくれなかったの？」

アルテミスは涙を流しながら、俺を睨みつけた。

「……王子。私の妹分を助けてくださって、ありがとうございました」

アテナは俺を無視して、王子の前に跪《ひざまず》く。

「気にしなくて良いよ。弱い人間を守るのは勇者の勤めだからね」

王子は白い歯を見せ付けて笑いながら、俺を一瞥する。彼が何をあてこすっているのかわかった。

「君達も、自分の身を守れるように力をつけてくれ。いつか僕と共に戦って欲しい」

「はい」

「御意！」

アルテミスは元気よく返事をし、アテナは跪く。二人とも俺のことは無視していた。

王子が笑みを残して去った後、二人は俺を冷たい目で見つめてきた。

「お兄ちゃんは、もう私を守ってくれないいんだね」

「情けない奴だ。妹を守るために闘うこともできないとは。もう顔も見たくない」

それだけ言うと、俺を置き去りにして帰っていく。

俺は二人を見送る事しかできなかった。


それから、俺は坂道を転がるように転落していった。

「ただいま」

家に帰ると、テーブルの上には冷えたスープと時間がたって硬くなったパンが置いてあるだけ。一応食事だけは作ってくれるが、日に日にメニューが貧しくなっていくのは気のせいだろうか。

最近では、アルテミスに無視されるか、あるいは馬鹿にされていた。

「伝説の聖具に嫌われるのって、何か悪いことをしたんでしょう。あんたみたいな奴が身内って、恥ずかしいよ」

学校では、アテナと顔を合わせる度に責められる。

「勇者様と従者様に謝れ。お前は前世で何か悪いことをしたんだろう」

生徒に人気のある二人の庇護を失ったことで、俺に対するいじめはますます激しくなっていった。

「いいざまだな。おらっ！『ファイヤーボール！』」

魔法を覚えたせいで調子にのった不良生徒たちから的にされ、毎日ボロボロになるまで攻撃されている俺を見ても誰も助けてくれない。

それどころか、アテナとアルテミスはいじめられている俺を見て、友人たちと一緒になって馬鹿にし始めた。校庭の裏にある『回復の木』の下で傷を癒している俺を見て、治療師のローブをまとった女子生徒の一団が笑う。

「『無駄』のノアがいた。アルテミス、治療してあげなくていいの？　お兄さんなんじゃない？」

周りの少女から茶化すように言われ、アルテミスは毒を吐いた。

「放っておけばいいのよ。そもそも血もつながってないし。二度と兄だなんて呼ばないで」

冷たくそういうと、俺を嘲笑いながら友達と去っていく。その次にやってきたのは、盾を持つ筋肉ムキムキの集団だった。

「今日の訓練もきつかったな」

「ああ。回復の木で傷を治そうぜ」

汗を拭きながらやってきたマッチョたちは、俺がいるのを見て顔をしかめる。

「なんだ。『無駄』か。どっかにいけよ」

「だ、だけどまだ傷が治ってなくて」

弱々しく言い訳する俺に、マッチョたちの中からアテナが出てきて告げた。

「またいじめられているのか。弱虫め。本当に情けない奴だな」

「仕方ないじゃないか！　集団でいじめられているんだ！　俺にどうしろっていうんだ。アテナ」

俺は思わず言い訳するが、アテナは俺を見下した目で睨む。

「口ごたえするな！　いつまで甘えているんだ。私はお前の姉なんかじゃないんだぞ」

アテナはそう言って俺を突き放し、わざとらしくため息をついた。

「お父上が草葉の陰で泣いているぞ。ＳＳＳ冒険者の息子とは思えない醜態だな」

アテナは父のことを持ち出し、俺をあてこする。

「とにかく。もう二度と私を呼び捨てにするな。お前は負け犬だ。そんな男に身内扱いされるなど、虫唾が走る。みんな、ここにいたら弱虫が移ってしまうぞ。杖の術者に頼んで治療してもらおう」

「ああ。そうだな。ペッ」

俺に向かって唾を吐き捨て、アテナたちは去っていく。

「うう……なんでこんなことに……」

俺は情けなさのあまり、回復の木の下でうつぶせになって泣きじゃくる。そのうち、泣くのにも疲れて眠りに落ちた。

3話　救いの女神は無能な少年を捕食する

「……おきて」

「……ん？」

目を覚ますと、シスター服を着た白い髪の美少女が心配そうに顔を覗き込んでいた。

「あっ！　ご。ごめん！」

俺は恥ずかしくなって、飛び起きる。

彼女には見覚えがあった。『玉』の従者の候補者で、『限界』の二つ名を持つ少女である。彼女は俺が起きると、黙って隣に座って本を読み始めた。

(邪魔したらいけないな……)

俺は黙って去ろうとすると、声がかけられる。

「まだ傷が治っていない。ここにいたほうがいい」

その口調は明るくも優しくもなかったが、俺の心にジンときた。

「……いいのか？」

「追い出す理由がない」

少女はそういって、ここに来いという風に隣を指差した。

「あ、ありがとう」

俺が礼を言うと、今まで無表情だった彼女の顔が少し緩んだ。

「私は何もしていない」

「だけど、出て行けって言わなかっただろ。今の俺にとってはそれだけでもうれしいよ」

俺はそういうと、自己紹介した。

「俺はノア。よろしくな」

そういいながら手を差し出す。少女は嫌な顔もせずに握手してくれた後、何かに気づいたようにハッとなった。

「この強大な魔力……あなたが噂の？」

少女は俺を値踏みするように見つめた。

「あ、ああ。君も知っているだろ。魔法も使えないのに魔力だけ強い『無駄』のノアさ」

俺は自嘲気味に名乗るが、彼女は嫌な顔をしなかった。

「『無駄』ってそんな訳がない。私はパンドラ。人は『限界』と呼ぶけど、私はその二つ名を気に入ってない」

パンドラと名乗った少女は、不満そうに言い放った。

「なんで？　俺でも知っているぞ。魔法を限界まで極めている魔法使いで、玉の従者の第一候補だろ。ふさわしい二つ名だとおもうけど」

「興味ない」

パンドラは無表情でつぶやくと、俺の手を引っ張った。

「ちょっと私に付き合って。本当はイケナイことだけど、試してみたい」

「イケナイことって？」

ちょっとドキドキしていると、学園の隅に建てられた古びた教会に連れていかれた。


パンドラと二人で教会の中に入ってみると、夏なのに涼しい。

「……なんで涼しいんだ？」

「それは、魔道具のおかげ」

なぜかパンドラは自慢そうに話す。

「魔道具って？」

「魔力を使っていろいろな効果を及ぼす道具。一般には普及してない」

パンドラはそういうと、天井近くの青色の玉を指差す。そこからは白い冷気が漏れていた。

「へえ……便利なもんだな。なんで校舎にはついていないんだろう？」

俺がそう疑問をつぶやくと、パンドラは答えてくれた。

「この建物は学校の敷地内にあるけど、シャイン教会の所有物。当然あの魔道具も教会のもの。だから学校にはおいていないの」

そういうと、教会の地下にある粗末な部屋に俺を連れて行く。そこはパンドラの部屋らしく、女の子のいい匂いがした。

「ここなら人は来ない。脱いで」

「え？」

いきなりの展開で、俺の胸は期待に高まっていく。

「今からイケナイことをする。ベッドに座って上着を脱いで」

そういう彼女の顔は、どこか妖しい雰囲気が漂っている。俺は言われるままに上着を脱いで、ベッドに腰かけた
「私も男にするのは初めて。ちょっと恥ずかしいから、目を閉じていて」

彼女の白い顔が、俺の首筋に近づいていった。

※　※　※

そして数分後……俺は脱いだシャツに顔を押し当てて泣いていた。

「うう……ひどい。初めてだったのに」

「とってもおいしかった。ごちそうさま」

存分に俺の精気を吸ったパンドラは、満足そうな顔でお腹をさすっている。

「まさか、人の精気を吸い取るなんて」

「私たちシャイン教の開祖はサキュバス。だからシスターは全員精気を吸えるの」

パンドラは満ち足りた顔で俺を見る。ちなみにシャイン教とは、聖職者が女だけの宗教である。

四百年前の魔神クロノス降臨後、全世界に広まって崇められていた。

「精気と魔力は同じようなもの。あなたの精気はおいしくてボリュームがあって最高のご馳走。これからもよろしく」

「ふざけんな！　人を散々期待させといて！」

俺は涙を流しながら訴える。男の純情をもてあそんだ彼女は、意味がわからないという風に首をかしげた。

「期待？　もしかして私とえっちがしたかったの？」

「ちっがーう！」

いや、違わないけど！　そりゃ少しは期待したよ！　というか、この状況で勘違いしない男はいないだろ？

納得した顔になったパンドラは、俺の顔を正面から見つめて言った。

「じゃあ、今からする？」

「……」

それを聞いて一瞬で萎えた。やばいこの女アタマおかしいんだ。

思わず逃げ出そうとした俺の手を、パンドラはがしっとつかむ。

「離せ。ヘンな人とはかかわりたくない」

「別にヘンでもなんでもない。本で読んだ。性欲がもっとも高まるのは十四歳から二十代中盤まで。男がえっちしたがるのは当たり前」

これを無表情で言うものだから、恐怖を感じてしまう。

「お、お前はそれでいいのかよ！」

「興味はある。生殖行動ってどんな感覚なのか。ノアも興味あるならちょうどいい」

そう言って清楚なシスター服を脱ごうとする。

「バカ！　やめろ」

「なら仕方ない。機会があったら他の男とやってみる」

「それもすんな！」

俺は必死に知っている限りの男の事情をパンドラに教え込む。納得いかないようだったが、パンドラはそういうことをしないと約束してくれた。

「つまり、えっちして子供ができたら男は責任とらないといけないから、学校をやめて働くことになる。それは将来の可能性を失うってこと？」

「そ、そうだ。誰の得にもならないからやめろ！」

俺がそう言うと、パンドラはうなずいてくれた。

「わかった。ならノアがお金を稼げるようになるまでえっちは待つ」

「お、おう」

そう返しながら、俺は何か間違ったことを言ったような気になった。

「でも、おいしい精気をくれたから何かお礼をしないと」

パンドラは殊勝にもそんなことを言ってきた。

「別にお礼なんかいいよ。金なんか持ってなさそうだし」

パンドラの格好は地味で、貴族の女子生徒がつけている宝石やアクセサリーなど一切なかった。まあ清貧を旨とするシスターだから当然なんだけど。

「お金？　持ってない。ノアはお金が欲しいの？」

「そりゃなあ。両親はいないし。何とかして役人になって安定した暮らしを手に入れたいんだが」

俺はため息をつく。父が残した遺産程度だと数年で使い果たして生活できなくなる恐れがあった。

「……なら、ちょうどいい事がある。ついてきて」

パンドラは教会の地下に俺を引っ張っていった。

『廃棄図書室』と看板が出ている部屋に、二人で入る。

「ここは私の本が置いてある部屋。誰も来ないから、いつでも二人っきりになれる」

またパンドラは俺の心を揺さぶるようなことを言う。本を開いてみると、「魔道具の作り方」と書いてあった。

「魔道具か……たしか今作れる職人はいないんだよな？」

俺のつぶやきに、パンドラは頷いた。

「三つの聖具のレプリカとかなら作れる人はいる。でも、四百年前の勇者と魔神との戦いで、魔道具に必要な自律で用途を遂行できる呪文《プログラム》がこもった中枢コアを作れる人がいなくなった。伝説の魔道具職人へパイトスだけの技術だったから。これらの本はすべて彼の遺品」

パンドラは著者名をみせる。すべて『創造者へパイトス』と書かれていた。

興味を惹かれた俺は聞いてみる。

「へパイトスってどんな人だったんだ？」

「勇者の乗る無馬車の御者を勤めた人」

パンドラは別の本の表紙を見せる。馬がいない馬車に勇者と盾騎士・魔術師・治療師が乗り、御者席にはハゲた中年が座って円輪のようなものを握っていた。

「ああ、これ見たことある。セレーム母さんが従者じゃないって言うから、ただのハゲだと思っていたよ」

俺の軽口に、無表情だったパンドラがちょっと笑った気がした。

（あれ？　意外と可愛い……けど、こいつは俺をご馳走だと思っているんだ。警戒しないと）

緩んだ気を引き締め、俺は問いただす。

「で、その魔道具を作ったヘパイトスがどうしたんだ？」

「私は彼が『第四の従者』だったのではないかと疑っている。魔王退治後、彼は姿を消し、作ったほとんどの魔道具は程なくして動かなくなった。かろうじて小型の魔道具が魔物から採取できる魔力結晶の力を借りて稼動しているけど」

パンドラは一度言葉を切って、真剣な目で俺を見つめてくる。

「彼が残した魔道具は今では大半がガラクタとして、シャイン教会に管理されている。あなたは三つの聖具のどれとも契約できなかった。だけどガラクタ扱いされている魔道具の中に、もし四つ目の聖具があれば……」

パンドラはヘパイトスがもっている円形の道具を指さす。

「そうか！　俺にも魔法が使えるようになるんだ！」

ようやくパンドラの言いたいことがわかり、俺は希望を感じた。

「おそらく、魔法というより魔道具の中枢コアの『呪文《プログラム》』がわかるようになると思う。でも、それでも大きな力。新しい魔道具を作ると、お金がいっぱい稼げるようになる」

俺が喜ぶ様子を見て、パンドラも笑みを浮かべている。

「よっしゃ。俺は絶対に第四の聖具をみつけてやるぜ」

そう決心した俺は、パンドラと共に毎日教会の下の倉庫を漁るのだった。

それから、毎日二人でいろいろなガラクタ……もとい魔道具を漁った。

残念ながら聖具は見つけていないが、いくつか面白い発見があった。

「どうやら、これは遠くの人と話せる通信魔道具らしい」

薄い透明な板みたいな魔道具を本で確認したパンドラが見当をつける。

「通信魔道具？　昔はずいぶん便利なものがあったんだな」

「会話だけじゃなく、一瞬で絵を写し取ったり、音楽を鳴らしたり、遊びの相手になってくれたりしたと記録に残っている。当時は売れに売れたらしい」

「それがなんでこんなに残っているんだ」

俺は木箱に山のように入っている薄型の板を見てため息をついた。

「なんでも、ある日突然使えなくなったみたい。たぶん魔力切れなんだろうけど、魔力結晶を削って取り付けても何の反応もなかったんだって。だから返品された」

パンドラは当時の記録を確認して説明した。

「へえ。なるほどねえ」

俺はその中の一つを取り上げて、調べてみた。

「おーい。おーい。なんか反応しろ」

会話ができると思って呼びかけたのだが、何の反応もない。

と思ったら次の瞬間、体から魔力が抜け、薄い板にポッと明かりがついた。

「え？　ノア、何やったの？」

「普通に呼びかけただけだけど？」

パンドラが珍しく動揺して迫ってきたので、俺は慌ててしまった。

「もう一回やってみて」

「こうかな？　おーい。反応しろ」

もう一つ取り出して、同じように話しかけてみる。すると先ほどと同じように明かりがともった。

「今、魔力がこいつに吸われたような気がしたんだが」

魔道具を確認したパンドラは、封じ込められている魔力結晶が輝いているのに気づく。

「中枢コアに魔力が再充填されている。普通は物に魔力を込めることなんてできないのに。ちょっと試してみよう。あなたはここにいて」

パンドラはそういうと、教会を出て行く。

しばらくして薄い板の魔道具がブルブルと震えた。

「な、なんだ？」

板の中央に指を触れると、いきなり声が聞こえてきた。

「ノア、聞こえる？」

「パンドラか？　どこにいるんだ？」

いきなり板からパンドラの声がしたので、びっくりしてしまった。

「回復の木の下。あなたを思い浮かべて会話したいと念じて板に触れたの。実験は成功」

板から流れるパンドラの声は、弾んでいた。

「やったな。これで俺たちは大金持ちだ！」

喜ぶ俺だったが、売るのはパンドラに止められた。

「今売るのはまずい。私たちはただの学生。すぐに国に権利を取り上げられて、お褒めの言葉しかもらえなくなる」

パンドラに諭されて、俺はちょっと冷静になった。

「……だけど、それは卒業したって平民であることは変わらないぜ。下手をしたら一生売ることもできずに取り上げられてしまうかもしれない」

「一応、私からババアに相談してみる。とりあえず、これにしまっておこう」

パンドラがポケットから取り出したのは、手のひらに乗るくらいの宝箱だった。

「これは？」

「この学園に入学するとき、ババアにもらった箱。魔力切れで使えないからって渡してくれた。無限に物を収納できるらしい。これを何とか使えるようにすれば、魔道具を隠しておける。そうしておいて、チャンスを待とう」

パンドラは倉庫を見渡す。今はガラクタ扱いされているが、使いこなせたら役立ちそうな道具がいっぱいあった。

「わかった」

俺は木箱に手を当てて魔力を注入するが、どれだけ込めても起動するまでチャージできなかった。

どうやらこの箱はとんでもない量の魔力を必要とするらしい。

「この箱を使うには、ノアがもっと魔力を貯められるようになる必要がある」

「そうか……ならしばらくは学園を辞められないな」

なんだかんだ言ってもここはエリート学校であり、魔力量を伸ばすための授業も充実している。俺は明るい未来のため、地道に修行することにした。

4話　誰かにとって無駄でも、別の誰かにとっては千金の価値がある

学園に通い始めて一ヶ月。アルテミスは楽しく学生生活を送っているが、相変わらず俺は苦しい思いをしている。最近では家庭でも居場所がなくなってきた。

「ほら、掃除の邪魔！　どっかいってよ。あんたは家事もろくにできないんだから!!」

休日になると、ほうきを逆立てたアルテミスに追い立てられ、ゆっくり部屋で過ごすこともできなくなった。

まあ、文句言いながらも掃除とか洗濯とかしてくれるわけだから何も言えないんだが。

その時、ドアがノックされる。ドアを開けたら、太ったおじさんが立っていた。

「二人とも、久し振り」

そういって微笑むのは、父の友人の商人ヘルメス。

「ヘルメスおじさん！」

アルテミスは満面の笑顔を浮かべて抱きついた。

「おお、元気そうだな。安心したよ」

「うん。どうぞ！　お茶いれるね！」

アルテミスは台所に走っていく。

「ノアも元気そうだな」

ヘルメスは声を掛けてくるが、俺はどう反応していいかわからなくなる。

こいつが変な壺を持ってきたことがきっかけで父が旅に出て、死んでしまったのだと思うと、歓迎する気になれなかった。

睨みつける俺を、ヘルメスはからかってくる。

「ふふ、彼女でもできたのかな？　首筋に跡がついているぞ」

そう指摘されて、俺は思わず首に手を当ててしまった。パンドラが口をつけたところが甘く疼く。

「か、彼女というか……」

パンドラは彼女なのだろうか？　俺はどちらかといえば捕食対象のような気がする。まあ、可愛くて良い子なんだけどな。

「さあ、お土産だよ」

テーブルにヘルメスが持ってきたお菓子が並べられ、良い香りがする紅茶がいれられる。アルテミスとヘルメスは楽しそうに会話していた。

「学園生活はどうかね？」

「すっごく楽しいです。友達もたくさんできたし、かっこいい人もいるし」

アルテミスは王子の話題を持ち出して、彼を褒め称える。

「そうか。勇者と友達になったのか」

「うん。私は杖と契約できたの。いつか彼の従者となって、世界を救うの！」

アルテミスの憧れた表情を見ていると、俺はどんどん自分が情けなくなってきた。

「それで、ノアは？」

一番聞かれたくないことを聞かれてしまった。沈黙する俺の代わりに、アルテミスが馬鹿にしたように応える。

「ノアは何も契約できなかったの。本当に無能なんだから！」

俺を見下しながら、ヘルメスに言いつけるように言った。

その時、ヘルメスはちょっと厳しい顔をして、アルテミスをたしなめる。

「そんなことをいうものではないよ。君のお義兄さんだろう」

「でも！」

ちょっと鼻白んだ彼女に向けて、ヘルメスは優しく諭してきた。

「君はトカゲの中に混じっている竜の子を上手く走れないからと馬鹿にしているのかもしれないよ。成長してその子が大空を飛んだとしたら、どうするのかね？」

「ノアが竜の子？　ありえない」

アルテミスはあははと笑う。ちくしょう。馬鹿にしやがって。今に見ていろ。俺は絶対に第四の聖具を見つけてやるからな。

そんな様子を見てヘルメスはやれやれと肩をすくめると、俺達にお土産をくれた。

「ありがとう」

「これはアテナちゃんのお土産だよ。渡してきてくれないかな?」

「アルテミスはにっこり笑って、お土産を持って出て行く。後はヘルメスと俺が残された。

「ふふ。苦労しているようだね。魔法学園に入って後悔しているかい?」

「……微妙」

学園でいじめられるようになり、アテナやアルテミスから冷たくされるようになったけど、俺とえっちしてもいいという可愛い子に会えた。プラマイゼロかな。

「その様子まだまだ頑張れそうだね。若者が人間関係で悩むのは、将来良い経験になるだろう。どうしても辛いなら、私の所に来るがいい。君を雇ってあげよう」

ヘルメスは猫なで声で誘ってくるが、そんな話に乗るつもりはない。

「あんたの下で働くのだけはごめんだね」

俺がプイッと顔を背けると、彼は大人ぶった笑みを浮かべてきた。

「まあ、今は反抗していても、いずれ君は私のために働くことになるだろう」

ふふっと嫌な笑いを残し、ヘルメスは帰っていった。

俺は、いつか魔道具を作れるようになる『第四の従者』になることを目指して地道に修行している。その間に、パンドラはどんどん俺に接近してきた。

「ノア。お弁当作ってきた。あーん」

いつものように精気を吸われた後、回復の木の下で一緒に昼食をとる。

「……なにこれ？」

「赤亀の生き血に、黒トカゲの蒸し焼き、紫マムシのお刺身。精気を高める効果がある」

絶対パンドラは俺をご飯だと思っているだろ。まあせっかくだから食べるけど。

しかし、その様子を見た生徒たちの俺へのいじめはますます苛烈さを極めていった。

「てめえ！『無駄』の癖に調子に乗ってんじゃねえよ！」

最近では嫉妬した男子生徒が殴る蹴るの暴行を加えてくるようになった。もうアルテミスとアテナは助けてくれず、王子の取り巻きと一緒になっていじめられている俺を見下すようになっていた。

「パンドラ嬢に近づくな！　彼女は勇者であるアレス王子様の従者になるんだからな！」

不良生徒に蹴飛ばされて転がった俺は、生徒たちの中にいた少年にぶつかって止まる。

「王子になにするのよ！」

次の瞬間、彼の隣にいた少女にも思い切り蹴飛ばされてしまった。

「まあまあ、アルテミス。彼に悪気があったわけじゃないし、許してあげようよ」

「さすが王子様。こいつみたいなゴミにもお優しいなんて」

アルテミスはうっとりとした目で王子を見つめる。その顔はまさに恋する少女そのものだった。

「アルテミス……」

「気安く呼ばないで。もうアンタなんかとは縁が切れているんだから」

義理とはいえ妹だったアルテミスはそう言って、そっぽを向いた。

「おいおい。彼は君の義理の兄だろ？」

「私を育ててくださった父は本当の家族です。でも、このような『無駄』は兄ではございません」

その言葉に、王子の取り巻きの中でひときわ背が高い青髪の少女もうなずく。

「師匠であった彼の父は尊敬しております。昔は私も彼を弟のように思ったこともありました。ですが、もはや愛想がつきました。魔王を封印した師匠の名を汚す無能者など、私もとっくに見捨てております」

そういって姉のような幼馴染だったアテナも侮蔑した目で俺を見た。

王子はニヤニヤしながら俺を見て、鼻であざ笑う。

「ふっ。まあ仕方ないか。魔神が復活する今の時代、いくら魔王の一人を封印した英雄の子供だからって、甘やかす余裕もないしね」

「そうですよ！」

王子の言葉に、彼の取り巻きの生徒たちは同意した。

「だけど、いじめはよくないよ。彼みたいな弱い者にも、慈悲深く接してあげないと」

「はっ。申し訳ありませんでした」

俺をいじめていた不良生徒は、その場に跪いて礼をする。

「さすが王子様。慈悲深いですわ」

「このような『無駄』にも慈悲を授けていただけるなんて」

寛大な態度をみせた王子に、回りの取り巻きたちはきゃあきゃあと歓声をあげた。

「ほら、いつまでそこにいるのよ。さっさと王子の目の前から消えなさい」

「目障りだ。二度と私たちの前に姿を見せるな」

ひとしきり王子をもてはやした後、アルテミスとアテナは俺に罵声を投げかける。それを聞いた俺はいたたまれずに、その場から立ち去った。


「なんだよ……アルテミスもアテナも……」

俺は悔しい思いを感じながら、パンドラとの待ち合わせの場所である「回復の木」が植えられている裏庭に行った。

すると、甲高い声が聞こえてくる。

「パンドラ。あんた気持ち悪いのよ。いつも無表情で」

「学園一の魔術師だからって、調子に乗ってんじゃないわよ！」

影に隠れて様子を伺ってみると、パンドラに絡んでいる貴族のお嬢様たちがいた。

「またかよ……よく飽きないな」

そう思いながらも、俺は止めようとしない。パンドラの強さを知っているからである。

「……うざったい」

パンドラは一言つぶやくと、読んでいる本をしまって玉を取り出す。

次の瞬間、とてつもない魔力が玉から発せられた。

『ナパームバッシュ！』

「きゃあああ！」

平静な声と悲鳴が同時に聞こえてくる。

（……あんな大魔法を放ったら、きっと大量に精気を吸われるんだろうなぁ。逃げよう）

そう思って逃げ出そうとした時、俺に呼びかける声が聞こえてくる。

「ノア。そこにいるのはわかっている。早くこっちにきて」

観念して俺が出て行くと、貴族の少女たちがパンチパーマになって倒れていた。

ドン引きしていると、パンドラは俺に駆け寄り、物欲しげに見つめてきた。

「大魔法を使ってお腹すいた。今日はたっぷり精気をちょうだい」

「い、今はだめだぞパンドラ。傷の治りが遅くなってしまうから」

「わかった。待ってる」

俺の傷を確認したパンドラは素直に頷くと、何事もなかったかのように本を出して読み始めた。あまりにも平然としているので、つい聞いてしまう。

「……なあ、今日は何があったんだ？」

「別に？　いつものこと。私の努力と才能にかなわない連中が、足を引っ張ろうとしていただけ」

黒こげになって倒れている貴族のご令嬢たちを見ながら、淡々と事実を告げてくる。

「……こいつらやっつけて、大丈夫なのか」

「大丈夫。ここは回復の木の下。死にはしない」

「そういう意味じゃないんだが……」

心配する俺を見て、パンドラは嬉しそうな顔になる。

「もし問題になったらババアに連絡して、こいつらの家ごとぶっ潰してやるから安心して」

「前から疑問に思っていたんだけど、そのババアって何者？」

全く貴族を恐れないパンドラに、俺はちょっと怖くなってしまう。

その時、楽しそうな声が近づいてきた。

「みんな、回復の木の下でランチでもしよう……あれ？　なんだか妙な気配を感じるぞ？　みんなはここでちょっと待っていてくれ」

建物の影から聞きなれた声が聞こえてくる。

「ちょっと待て！　またパンドラ嬢をいじめて……あれ？」

やってくるなり王子は首をかしげる。何人もの貴族令嬢がそこに倒れていたからである。

「……こ、これはいったい何が起こったんだ？」

「絡まれたから反撃しただけ。王子に何か不都合でも？」

パンドラはやけに冷たい声で問いかけた。

「い、いや……別に。そ、そうだ。パンドラ嬢もぼくと一緒にランチを食べないか？　おいしいお菓子もあるよ」

「間に合っている。ご馳走ならもうあるから」

パンドラはじっと俺を見つめる。なぜかその口の端からちょっと涎がたれていた。

「そ、そんな『契約』もできない『無駄』にかまわなくても、僕たちと仲良くしようよ」

『無駄』？　あなたにとってそうでも、私には千金の価値がある。いずれ私はノアの子供を生んで、我が一族の長となる。だからあなたの従者にはならない」

パンドラは王子の誘いをはっきりと拒否すると、後ろからやってきた取り巻きのアルテミスとアテナにも冷たい目を向ける。

「あなた達がノアを見捨てる冷たい人で助かった。運命の人を手に入れることができた」

「なんですって！」

「そんな軟弱者、喜んでくれてやる！」

アルテミスとアテナは目を吊り上げて怒るが、パンドラは気にもとめない。所有権を主張するように、しっかりと俺の腕をつかんでいた。

「……チッ」

王子は不快そうに舌打ちして、捨て台詞を吐く。

「いつか僕は君を手に入れて、完璧な勇者になってみせるからな！」

「その未来は絶対にない」

パンドラは彼らを無視して、本を読み始める。王子は取り巻きたちと去っていった。


「なあ……さっきの話は本当なのか？」

「本当。あなたの子供を生んで、我が一族を繁栄させる。それが一番合理的。子供は教会で育てるから、気にしなくてどんどん種付けすればいい」

小さな口でとんでもないことを言う。

「俺は種馬かよ！」

ちょっと俺は怒ったふりをするが、内心彼女の言葉が嬉しかった。

（なんだか、本当に俺はパンドラの所有物になりそうだな。まあ、それならそれでいいかも。たとえ捕食対象としてでも、俺を必要としてくれるのはパンドラだけだし）

俺はそう思いながら、木の下に寝転ぶ。ふっと頭が持ち上げられ、柔らかいものが下にきた。

「本で読んだ。男はこうしてあげれば喜ぶって」

パンドラは俺を膝枕しながら、優しく頭を撫でてくる。

「まあ、そりゃ嬉しいけどなぁ」

「ノアが喜んでくれると私も嬉しい。そろそろえっちする気分になった？」

ちょっと気を許したらこれだよ。これさえなければ可愛い子なんだけどな。

「だーかーら、あまり積極的に来られると萎えるんだって」

「男心は複雑」

ちょっとパンドラがしゅんとなったので、つい情にほだされそうになるが、俺は我慢する。だってそうだろ。この年でパパになるってどんな悪夢だよ。

「ノアは私とえっちしたくないの？」

「そういう問題じゃ……大体、そんなちっちゃなカラダしているくせに」

そういう事をする気になれないのは、パンドラの外見の問題もある。非常に可愛らしくて魅力的だが、あまりにも清純で子供っぽいから、ためらってしまうのだ。

「カラダは小さくても心は大人。ちゃんと子供について勉強もしている」

持っている本を掲げて薄い胸を張る。「わかりやすい子育ての方法」と題名が書いてあった。

「そもそも、俺を好きでもなんでもないだろう？　他の男でもいいだろうが」

パンドラは見た目だけなら高級なお人形みたいな可愛らしい容姿なので、ちょっかいをかけてくる男子生徒は数多くいた。しかし誰の誘いにも応じず、俺以外との交流を避けて一日の大半を本を読んで過ごしている。

「私はノアが好き。とっても美味しいから。他の男の精気なんて捕食の対象にもならない。考えただけで吐き気がする」

好きといわれるのは嬉しいが、食べ物の好物と同じ意味だからなぁ。

「そろそろやばい。ちょっとだけでいいから吸わせて」

パンドラが綺麗な顔を近づけて迫ってくるので、俺はしぶしぶと首筋を差し出した。

「仕方ない。だけど、手加減してくれよ」

「大丈夫。痛くしない。入れるのはさきっぽだけだから力を抜いて」

目を輝かせたパンドラは、遠慮なく俺の首筋にかぶりつく。甘い痛みと快楽が走りぬけ、八重歯が食い込んできた。

これがあの日までの俺の日常だった。

※　※　※

私の名前はパンドラ。サキュバス一族の長の孫だ。

私たちの先祖は魔神クロノスに創られた魔王の一人で、人間へのスパイだったらしい。警戒心を薄れさせるために人間にとって容姿端麗な姿に創られ、人間の情報を聞き出すという役目を果たすために、人間の精を吸わないと生きられない体を与えられた。

正直、魔神クロノスはバカだと思う。サキュバスは人間がいないと生きられない。それなのに人間を滅ぼす使命なんて全うできるわけがない。それは自分を滅ぼすことにつながるからだ。

案の定、サキュバスはその矛盾に直面し、魔王の使命を果たすか自分の命を守るかの選択で苦しむ。そんな彼女を救ったのは、一人のハゲ頭の平凡な男だったという。

勇者一行の下働きだった彼に娼婦として近づいたサキュバスは、あっという間に魅せられてしまう。姿にではない。自らを愛しんでくれる心と、彼が持つ無限の精気にである。

彼に正体を打ち明けたサキュバスは、あっさり受け入れられた。

「俺の妻になって、人間として生きればいい」と。

喜んだサキュバスは彼の妻となり、二人の子供を生む。そのうちサキュバスの性質を受け継いだ女の子が、私たちの一族の始まりだった。

それ以降、我が一族は自分を満足させてくれる男を探して、全世界へと散らばっていく。

いつか彼のような、心も体も満たしてくれる男を探し出すのが一生の夢なのだ。

そんな私は、魔法学園で魔力量が多いが聖具と契約できない男の噂を聞いた。一族の祖となった伝説の男も、魔法は使えずその代わりに魔道具というものを創っていたらしい。

興味を持った私はその男に近づき、一瞬でその体から発せられている精気に魅せられた。

初めての男からの吸精は甘酸っぱく、私の心も体も満たしていく。私は生まれてたった十五年で、生涯の食料となる男に出会うことができた幸運に感謝した。

もう誰にも渡さない。彼と私の邪魔をする者は、誰であろうと排除してやるんだから。

5話　無能な少年は生贄《いけにえ》にされる

アレス王子と彼に従う三人の従者、そして彼らの部下となるべき術者たちを養成するため、魔法学園はモンスターとの戦闘訓練を取り入れることにしていた。

間近に迫った魔神クロノスの再降臨に備えるため、戦う経験が必要だからである。そう教師から説明されると、生徒たちの闘志は燃え上がった。

「絶対に俺が従者に選ばれてやる！」

「勇者様は私のものよ！」

貴族も平民も野心に燃えている。もし従者に選ばれて魔神を倒したら、新たな爵位と領地を得ることも不可能ではないからであった。

そんな中、ノアを特に執拗にいじめていた生徒が笑いながら言う。

「一人だけ何の役にも立たない『無駄』な奴がいるんですけど、どうするんですか？」

ニヤニヤ笑いながらそいつが俺を指差すと、生徒たちは俺を大声で笑った。よくみたらアルテミスの奴も楽しそうに笑っている。今に見ていろよ。俺はお前たちとは別の従者を目指してやる。

メガネの教師はちょっと笑いながら、俺をフォローした。

「そんなことをいうものじゃない。彼は魔力だけは強いんだ。いつか聖具と契約できるかもしれない。からかうのはやめなさい」

何言ってんだよ。いじりじゃなくていじめだよ！

生徒たちの笑いがおさまると、先ほどの不良は不満そうに訴えた。

「でも、どうするんですか？　そいつ弱すぎて武器でも魔法でも戦えねえし、かといって治療もできませんよ。戦闘に参加させる意味もないと思いますが」

「そうですね。では、彼は戦いとは別の役に立ってもらいましょう」

「それはいいや。おいノア、お前は雑用係決定だな」

再びクラス中に俺への笑い声が沸き起こり、俺は屈辱に震える。

しかし、そのときの俺は教師の言葉に隠された恐ろしい意味に気づけなかった。


そしてモンスターとの戦闘訓練当日。父が倒した海の魔王ポセイドンが封印されていた洞窟に、魔法学園の生徒たちが集まっていた。

学園の教師たちや、現在聖具の正式所有者である公爵家の三従者もいる。従者の候補者である生徒たちは、順調にダンジョンの攻略を進めていた。

「くらえ！」

盾を持った生徒が殴りつけると、水色のスライムが潰れる。

『ファイヤーボール！』

生徒が玉を掲げると炎の玉が発生し、コウモリ型モンスターを焼き尽くす。

『ホーリーウインド！』

ローブを着た生徒が青い霧のようなモンスターに杖を向けると、涼しい風が吹いて霧を浄化した。

そして、たった一人の勇者、アレス王子は最前線で剣を振るっている。

『シャインスラッシュ！』

王子の剣が大きな水牛のようなモンスターを一刀両断すると、生徒たちから歓声が沸き起こった。

生徒たちが活躍している中、俺はといえば最後尾でみんなの弁当を持ってついていくだけ。我ながら情けなくなる。

そう思っていたら、いつの間にか校内の不良たちに取り囲まれていた。

「『無駄』のノア、ちょっと顔貸しな」

ニヤニヤと笑いながら俺の肩をつかむ。

「ちょっと待ってくれ。俺は弁当を配らないと……」

「関係ねえよ。てめえは黙ってついてくりゃいいいんだよ」

ひときわ凶悪な顔をした不良が、いきなり腹を殴りつけてきたので、俺は為《な》す術もなく地面にへたり込んだ。

「雑魚が。手間とらせるな」

不良たちは無理やり俺を立たせると、壁に仕掛けられた隠し扉を開く。そこからダンジョンの最深部まで一気に連れてこられた。

最深部の部屋には、父と一緒に魔王を封印した、公爵家の血を引く現在の聖具の所有者たちがいた。彼らは魔法学園の教師でもある。

「先生。ノアをつれてきましたぜ。これで従者になれなくても、卒業と王城への就職は保障してくれるんですよね」

「ええ。ご苦労さま。君たちは国家に対して充分な貢献をしてくれたわ。国王へ推薦書を書いておくわよん」

杖の従者であるネメシス先生はにっこりと笑うと、俺に風の捕縛魔法を掛けた。

「『エアバインド』。あの男の息子だけあって、さすがの魔力量ね、生贄にぴったりだわん」

ネメシスは動けなくなった俺に対して、不気味な笑みを浮かべて不穏当な言葉を発する。ちょっと待て、生贄って何だよ。

「ねえ、自分がどうなるか知りたい？　そんな顔をしているわよ。いいわ、教えちゃう」

「おい。ネメシス」

残り二名の教師が止めようとするが、ネメシスはしゃべり続けた。

「いいじゃない。最後の慈悲よ。この子はあの英雄サマの子供なんだから、それくらいのことをしてあげてもいいわ」

ネメシスの言葉に、残り二人もやれやれという顔になる。

「仕方ないな」

彼らが後ろの台座にかぶせてあった布を取ると、見覚えがある壺が置いてあった。その口からは蒸気が噴出している。

「それは……ヘルメスが持ってきた『封神壺』」

「そうよん。あなたのパパがこれを使って海の魔王ポセイドンを再封印したの。まったく、出すぎた真似よね。まさか本当に魔王を封印しちゃうなんて。私たちがこの壺を使っても反応しなかったのに。なんだったのかしら」

ネメシスは不満そうにぶつぶつ言う。残り二人も同意するように頷いた。

「どうせ魔王の封印なんてできないと思っていたから、俺たちは無理せず引き返して次代の勇者と従者に任せようと思っていたのに」

「平民の分際で身の程しらずな手柄を上げるから、俺たちに殺されるんだ」

玉の従者が漏らした一言に、俺は驚愕した。

「あんたたちに……父が殺された？」

「そうよん。あいつが生きていたら、私たちが戦わずにお茶を濁していたことを告げ口されるじゃない。そんなの嫌よ」

「平民が魔王を封印したとなると、我ら貴族の権威が傷つく。それに海の魔王の再封印に成功したんだ。ほかの魔王の再封印にまで我々が駆り出されたらたまらないからな。そういうのは次代以降の勇者と従者にやらせるべきだ」

盾の従者の言葉に、俺は心底怒りに震えると同時に疑問に思った。父はただの平民で、魔法が使えなかったのになぜ『封神壷』を使えたんだ？

俺と同じことを思ったのか、ネメシスが独り言のようにつぶやきだした。

「『封神壷』の魔道具を使えたということは、もしかしたらあなたのパパは『四人目の従者』の子孫だったのかもしれないけどね」

四人目の従者？　ということはやっぱり俺の家系は……。

内心喜ぶ俺をネメシスは鼻で笑い、地面に魔方陣を描き始めた。

「まあ裏切り者の家系はここで絶えてしまうけどね」

「裏切り者の家系？」

俺が上げた声に、ネメシスは哀れみながら説明する。

「勇者に従った四人目の従者の名はヘパイトス。強大な魔力を誇り、数多の魔道具を作り出して勇者を支えたわ。他にも他者に魔力を分け与えることができたそうよ。だけど、彼は魔神討伐後に勇者を裏切って、いずこへともなく消えたといわれるわ。一説には貴族たちに愛想をつかして平民になったといわれているわ。バカなやつよね」

ネメシスはその男をあざ笑う。

「今更出てこられても困るのよ。というわけで、あなたの持つ魔力だけを利用させてもらうわ」

そう言いながら三人は怪しげな魔方陣を描いていった。

「な、何をするんだ」

「封神壷の封印維持のための生贄の儀式よぉ」

彼らは魔方陣の中央に『封神壷』をそっと置いた
「この中にいる『海の魔王ポセイドン』は一番弱い魔王なんだけどね。こうやって壷に封印しておかないと危ないでしょ？　だから、定期的に封印するための魔力を与えないといけないのよ」

ネメシスは体をクネクネさせながら説明した。

「魔力を与えるって？　まさか！」

「この魔方陣はあなたから魔力を吸い取り、封神壷にその魔力を注入するものよん」

そう言いながら、風の魔法で縛られている俺を魔方陣の上に転がす。そうすると、徐々に俺の体から魔力が失われ、壷に吸い取られていくのを実感した。

「く、くそ……」

「あはは。足掻《あが》いたって無駄。おとなしく生贄になりなさい。これで私たちの地位を脅かす者はなくなるわ」

ネメシスは狂気の笑い声を立てる。他の二人も濁った笑みを浮かべていた。

（くそ……どうにかならないか？　何か契約できるものを！）

俺は必死の思いで周りを見渡すが、めぼしい物は何もなかった。

「探し物はこれかしらん？」

ネメシスは懐からキラキラと輝く円形の物体を取り出す。それは無馬車に乗る勇者と従者の絵に描かれていたヘパイトスが持っていたものだった。

「ごめんなさいね。あなたが万一四人目の『裏切りの従者』である可能性を考えて、最後の希望も打ち砕かせてもらうわ」

ネメシスは円形の物体を盾の従者に渡すと、彼はそれに力をこめる。パリンという音がして、円形の物体は粉々に砕け散った。

『ギガクラッシャー！』

玉の従者がその破片に魔法を放つと、円形の物体は塵となって地面に散らかった。

「あはは。これですべての憂いは消えたわ。それじゃノアちゃん。あなたの犠牲は無駄にはしないわ。おとなしくすべての魔力を捧げなさい」

ネメシスとほかの二人の糞野郎はニヤニヤと俺をいたぶるように見つめてくる。

俺は全力で逆らうが、体からはどんどん力が抜けていった。

※　※　※

「アルテミス。魔物の動きを止めてくれ」

「うん。『パラライズ』」

私が掲げた杖から麻痺魔法が出て、水色のスライムを足止めする。私たちは王子やアテナ姉と協力して、順調に魔物を討伐していた。

『ウィンドカッター！』

杖から風の刃を放つと、スライムたちは面白いように倒れていく。

「すごいな。やっぱり僕のパートナーは君に決まりだよ」

格好いい王子に頭をポンポンとされて、ちょっと顔が熱くなってしまった。

「ああ。どうやら王子の従者は私とアルテミス、そしてあの子で決まりだろうな」

アテナ姉がちょっと離れた所にいる白い髪の小柄な魔術師を指差す。彼女は誰ともパーティを組まず、たった一人で強大な魔法を放って魔物を倒していた。

「彼女も従者にふさわしいね。可愛いし」

王子が鼻の下を伸ばしているのを見たらちょっとムカっとなってしまう。面白くないので、彼女の悪い噂を告げることにした。

「でも、あの子は協調性がないと思います。いつも一人ですし、あの『無駄』のノア以外に友達がいないみたいです」

あんな暗い奴、無駄のノアとお似合いよ。

「そうか。彼女は彼といつも一緒にいるのか。邪魔だな」

そうつぶやく王子は、ちょっと不満そうになるが、すぐいつもの明るい笑顔を浮かべる。

「心配ないさ。彼女も友達になれるだろう。それに、どうせ彼はいなくなるんだからね」

そうかしら。私はあんな子大嫌いだけど。

気を取り直してダンジョン攻略に戻ろうとした時、突然洞窟全体が揺れ始めた。

「地震？　まさかこんな時に！　魔王の呪いかも！」

突然の異常事態に、生徒たちがパニックを起こす。

「あ、あわわわ！　ど、どうしたらいいんだ！」

教師や王子も頭を抱えてしゃがみ込んでいた。

「ここにいたら危険よ！　洞窟が崩れてくるかも」

そんな声が上がったとき、とてつもない恐怖に襲われてしまう。

「お、俺は勇者で王子だぞ！　俺が死んだら世界は終わりなんだ！　道をあけろ！」

その時、一番洞窟の奥にいた王子が生徒たちに一喝した。あれ？　ちょっと勇者としては格好悪いみたいな……。

いやいや、私達も王子を守らないと。従者になるんだから。

「私に任せろ！」

アテナ姉が盾を掲げて結界を張り、洞窟が崩れないように支える。

「みんな、どいて！　王子が先よ！」

私は邪魔な生徒たちを風で吹き飛ばし、強引に道を作る。そのおかげで、王子を避難させることができた。

「ふう。危なかった。君たちのおかげだよ」

真っ先に外に出た王子は、私たちの活躍を褒めてくれ、彼だけが座ることを許された豪華な椅子に招いてくれた。私とアテナ姉は、王子の両側に座って休憩に入る。

「王子様。お疲れさまでした」

私は綺麗なタオルで汗を拭いてあげた。

「アルテミス。ありがとう」

王子は素敵な笑顔で笑いかけてくれる。やっぱりこの人はかっこいい。

「あの……アルテミスさん。怪我をした人を治療してくれませんでしょうか？」

「何言っているの？　杖の術者は他にもたくさんいるでしょ。私たちは忙しいの！」

王子との癒しタイムを邪魔するって、無粋な人たち。

その時、さらに耳障りな叫び声が聞こえてきた。

「ノア！　どこなの！　どこにいるの？」

白い髪の魔術師パンドラが大騒ぎしているので、私も気づく。そういえばノアの姿を見かけなかった。まあ、逃げ足だけは速いから、大丈夫だと思うけど。ぼんやりと生徒たちを見てノアを探していたら、なぜか逃げようとしていた生徒たちがいた。

その時、パンドラがその生徒たちの足を引っ掛けて転ばせる。彼らはノアをからかっていた人たちだった。

「さっき、お前たちと一緒にいたのを見た。ノアをどこに連れて行ったの？」

パンドラは強張った顔で彼らのリーダーを締め上げる。なんて野蛮なんだろう。やっぱりこの子とは合いそうにない。

「お、俺たちは何も知らない。ネメシス先生たちが命令したんだ。ダンジョンの『魔王の間』に連れてくるようにって……」

「『魔王の間』は最深部。ノアはそこにいるの！」

パンドラは洞窟に向かって走り出していた。

まったく、ノアはどこまで人に迷惑かけるんだろう。しょうがない。私達も行ってあげようかな。

『無駄』とはいえ、さすがに死なれたら後味悪いし。

しかし、それを見た王子が立ちあがって、まあまあと両手を挙げて彼女を宥めた。

「待ちたまえ。また地震が起こるかもしれない。中に入るのは危険だ」

王子の言うことは確かに正しい。救いに行って遭難したら、もっと酷い事になるもんね。

アテナ姉の方を見ると、彼女も首を振っていた。

「助けに行きたいのはわかるが、我々も魔力が切れてまともに動けない。ここは無理をせず、教師に任せるべきだろう」

アテナ姉はパンドラに近づいて冷静に諭すが、彼女は引き下がらなかった。

「あなた達には関係ない。そこをどいて」

失礼にもパンドラは押し留めている王子に威嚇している。

「関係ならある。君は僕の従者になるんだ。勝手なことをされたら困る」

王子は生意気な態度をとるパンドラにも怒らずに、優しく諭してあげている。あんな子放っておけばいいのに。

「どいてって言っている！」

いきなりパチーンという音が響いて、王子が張り倒される。パンドラは恐れ多くも勇者である王子に対してビンタしていた。

王子は信じられないという風にパンドラを見つめるが、彼女は無視して洞窟に向かう。

「ノアを助けに行く」

止める間もなく、洞窟の中に入って行ってしまった。

「なんだあいつは。失礼なやつだな」

アテナ姉がやってきて、王子を優しく助け起こす。私もまったく同感だった。もっと冷静な判断ができないと、勇者の従者にはなれないわよ。

「王子。新しくお茶が入りました。あんな子は放っておきましょう」

私はいい香りがする紅茶を入れて、王子を慰めてあげるのだった。

※　※　※

ダンジョン最深部で俺は魔方陣に魔力を吸い取られて、死の危機に瀕していた。

(嫌だ！　死にたくない！　こんな所でこいつらに殺されるなんて！)

この状況から逃れるため、死に物狂いで思考をめぐらせる。

(こうなったら……何でもいいから契約を！)

藁にもすがる思いで、ネメシスが撒き散らした塵がある場所の地面に手を伸ばした。

「あらあら……無駄な抵抗ね。伝説の聖具は壊したわ。いまさら契約しても無駄よん」

ネメシスがあざ笑ってくるが、俺は手に触れた地面に精一杯の魔力をこめる。

すると、わずかに反応が返って来た気がした。

(もしかして、いけるかも！)

俺は魔力を振り絞り、地面に放出する。それが呼び水になったのか、手元に返ってくる反応は次第に強くなっていった。

(これは……間違いなく聖具との契約？　なぜだ……壊れたはずなのに)

手から伝わってくる反応に戸惑いながら、セレーム母さんに見せてもらった勇者と従者の絵を思い出す。その絵の中のヘパイトスは、何も持ってなかった。

（もしかして、あの輪は聖具じゃなかったのかも……いや、でもこの反応は？）

手に魔力をこめると、どんどん反応が大きくなってくる。いつしか俺はとてつもなく強大なモノと自分がつながった気がした。同時に地面が淡い光を放ち、震えだす。

「な、何？　こんなときに地震なの？」

「ち、違うぞ。地面が光っている！」

ネメシスと玉の従者が動揺しだす。

「まさか！　これは聖具との契約の時に発生する振動？　ありえない！　聖具は壊したはず！」

盾の従者が何か叫んでいるが、もはや俺の耳に入らない。そのまま俺の意識は、大地に呑み込まれていった。

6話　無能な少年は第四の従者となる

気がつけば、俺は無限の魔力が渦巻く心地よい空間にいた。

「ここは……どこだ？」

その時、遠くから声が聞こえてきた。

「我が子孫にして遥かなる祖先よ。私の声に耳を傾けてほしい」

周囲を漂う魔力の渦が、ひとつの影に収束していく。俺の前に現れたのは、ハゲ頭の小男だった。なぜかポケットがたくさんついた服を着て、工具を手に持っている。

「我は道具の従者ヘパイトス。我が後継者に、『道具』の力を与えよう」

ヘパイトスが俺の頭に手を触れると、同時に膨大な量の魔道具の知識が脳に書きこまれていった。

「我々人類が長年積み上げた知識だ。これをお前に託す。定められた希望の未来に導くため、人類の歴史上最大の危機を迎えるこの時代を乗り切ってほしい」

そうつぶやいたヘパイトスは、俺の体に手を触れる。

次の瞬間、周囲に漂う膨大な精気が俺の体内に入ってきた。

「な、なんだよこれ！　なんなんだよ！」

今までとは比べ物にならない精気を感じて、俺は恐怖に震える。思わず反射的に体内に取り込んでいた。

「……なるほど。お前の体には『彼女』の力も受け継がれているのか。そちらの力も解放しておこう。身を守るのに役に立つだろう」

なぜかヘパイトスは嬉しそうな顔をしている。

「訳がわからない。説明しろ」

俺はそう怒鳴るが、彼は苦笑を浮かべていた。

「残念だが時間がない。私が保存していたこの残留思念もあとわずかしか保てないからな。我が子孫にして祖先よ。お前は『大地』と契約して、第四の従者となった。この力で人類を救うがいい」

その言葉とともに、力の使い方についての知識が脳に書き込まれていく。それを見届けると、ヘパイトスの姿は消えていき、俺の意識が覚醒していった。

しばらく続いていた地震が収まると、地面に伏していた三人の現従者がおそるおそる立ち上がって周囲を見渡す。相変わらず俺が地面に寝転がっているのと、封神壷が俺の魔力を吸って淡い光を発していることにほっとした。

「今のはなんだったのかしら……でも、生贄の儀式は成功したみたいね。かわいそうだから、ノアちゃんの死体を埋葬してあげましょう」

気持ち悪い笑顔を浮かべて近寄るネメシスだったが、次の瞬間驚愕する。

俺を拘束していた風の縄が消えたからだった。同時に俺はゆっくりと立ち上がる。

「え？　なんで生きているの？　限界まで魔力を吸い取られて、死んだはず！」

騒ぐ彼を放っておいて、地面に手を触れる。俺の魔力を吸い取っていた魔方陣は消え去った。

「う、うそようそよ！　魔方陣を消す魔法なんてあるわけないわ！」

混乱する従者たちを俺は余裕たっぷりに見返した。

「魔法じゃないさ。ただ仕掛けられた魔法を魔力に戻して俺の体に吸収し、別の場所に逃がしただけだ。そうすればどんな魔法も効かなくなる」

俺の言葉を聴くうちに、ネメシスたちの顔色が悪くなっていく。

「そ、そんな力が……あんたはいったい何なの？　『第四の従者』にだってそんな力はないはずよ！彼の力は魔道具の作成だったはず」

訳のわからないといった顔をしたネメシス。その気持ちはわかる。俺の魔力吸収能力は、従者以外の能力のようだ。そう、パンドラたちサキュバスのような。

「さあな。俺にもわからんよ。だが、確実に言えるのは、俺が『第四の従者』になったということさ。俺の従者としての能力は魔力の無限供給と聖具の修復さ。これがどういうことかわかるか？」

俺の力が攻撃的な能力ではないとわかったネメシスたちは、ほっとした顔で答える。

「なんだ。その程度か。大した力じゃないじゃない」

「ふっ、バカめ」

俺が鼻で笑うと、従者たちは怒りの表情を浮かべた。

「なによ！　その程度の力で勇者に勝てると思っているの？」

「別に勇者に勝つ必要はないさ。俺の力なしで、魔王や魔神と戦えると思うのか？　奴がいくら力を誇ろうと、すぐ魔力切れを起こして戦えなくなって、俺に助けてくれって泣き付くしかなくなる。つまり、俺は従者の中で補給を担当する、もっとも重要な存在なのさ」

俺の言っていることを理解した従者たちは真っ青になる。確かに勇者や従者は強い魔法を使えるが、その身に宿る魔力は無限ではない。俺がいなくてまともに魔王と戦えるはずがなかった。

「そ、そんな……」

ネメシスは現実を認めたくないのか、ブンブンと首を振って否定する。

「あなたが従者になったなんて嘘よ。だって契約の聖具は私たちが壊したわ！」

「ああ、もしかしてこれのことか？」

俺が腕を振ると、粉々に砕け散った塵がひとりでに集まり、元の円形の輪になった。

「ま、まさか復元するなんて……ありえない！」

「当然だろう。こんなもの復元するのはたやすい。そもそも聖具を作ったのも、『道具の従者』であるヘパイトスだぞ」

俺の言葉に三人は心底震えた。

「くっ！　まだだ！　あれを奪えば力を封じられるはず！」

盾の従者が襲い掛かってきて、輪を掴む。俺はあっさりと手を離して、渡してやった。

「いまだ！　ダークミスト！」

俺の手が輪から離れると同時に、玉の従者が闇の凍結魔法を仕掛ける。黒い霧が俺を凍結させようとした瞬間、霧は元の魔力に分解されて俺の体に吸い込まれていった。

「馬鹿な……聖具もないのに魔法が使えるなんて！」

「それは聖具じゃなくてただの無馬車の制御輪だ。持っていても何の意味もないぞ」

俺は呆然と輪を持つ盾従者を笑ってやった。

「そんな！　だったらアンタは何と契約したのよ！」

ネメシスが目を血走らせて迫ってくるので、俺は教えてやった。

「お前たちもちゃんと見ていただろう？　俺と聖具が契約したところを」

「まさか……」

玉の聖具を持つ従者が、何かに怯えたように下を向く。

「そのまさかさ。俺は『大地』と契約した」

俺の言葉を聴いた三人は、唖然として黙り込んだ。

「『大地』と契約したですって」

ネメシスは驚きのあまり、ポカンと口をあけている。

「お前がその輪の塵を地面に撒いてくれて助かったぜ。偶然とはいえ大地と契約できた」

そうつぶやいた俺は、思わず笑ってしまう。

「第四の従者の聖具が見つからなくて当然だぜ。常に自分の足元にあるんだからな」

そういうと、俺は怯える三人に向かって掌を向ける。

「覚悟しろ。今の俺は無限の魔力容量を持つ大地と契約している。それを俺の魔力吸収能力と組み合わせると」

俺の掌に、奴らの持っている魔力が吸収されていく。

「いくらでも相手の魔力を吸い取れるんだ。果たしてお前たちのちっぽけな体でどれだけ抗えるか、試してやろう」

三人の従者は自分の体から魔力が奪われていくのを実感し、恐怖の表情を浮かべた。

「舐めないで！　あんた一人で私たちにかなうとでも思っているの！」

激怒した三人は、聖具を俺に向けて魔法を放つ。しかし、三人が俺に仕掛けた魔法はすべて魔力に変換され、俺の体を通り抜けて地面に流れ込んだ。

「な、なんで！　なんで魔法が通じないのよ！」

あっという間に聖具に込められた魔力が失われていき、ついにはヒビが入っていった。

「なっ！　伝説の聖具が！」

「当然だろ。万物は土から創られたもの。土から生まれたものは土に還るのさ」

俺の言葉に、絶望する三人。オリジナルの聖具まで壊されてしまったら、従者としての立場を失うからだった。

「くっ。聖具を壊されるわけにはいかん。ここはいったん退却するぞ」

逃げようとするが、三人とも足に力が入らないようだった。

「馬鹿な！　なんで動けない！」

「俺がお前たちの体からも魔力を吸い取っているからさ」

逃げることもできないと知ったネメシスたちは、とうとう命乞いを始めた。

「ま、まって。許して！　そ、そうだ。協力しましょう。あなたを貴族にするように王に奏上するわ！　私たちがすることは争いじゃなくて、魔王や魔神と戦うことよ！」

「ふざけるな。魔王封印に協力した父を暗殺したくせに。今こそ報いを受けろ」

従者たちの体からどんどん魔力が失われていく。

「たす……けて」

必死の命乞いも虚しく、俺は魔力を吸い取り続ける。やがて三人はカラカラの干物のようになって死んでいった。

「さて……これからどうしようかな？　勇者も従者も糞だし、国に協力する義理もないな。むしろ魔王の脅威がなかったら、身の安全すら保障できないかもしれないし」

俺は封神壷を見ながらつぶやく。どうやら半分くらいはチャージされたみたいだが放っておくと

近いうちに封印が解ける恐れがあった
だからといって、父を殺した国に協力して封印を維持してやる義理もない。
「どうでもいいか。こんな封印なんてほっとこう」
もはや俺はどんなに頼まれても、国や勇者には協力しないと決意を固めるのだった。

地面に腰掛けて休んでいると、足音が響いてくる。やって来たのはパンドラだった。

「ノア！」

パンドラは俺の姿を見るなり駆け寄ってきて、思い切り抱きついてきた。

「よかった……無事で……」

「……心配、してくれてたんだ」

思わず俺がつぶやくと、なぜかパンドラにビンタされた。

「当たり前！」

パンドラからさらに睨みつけられる。怖いです。

しばらくすると、何人かの教師がやってきた。

「こ、これはなんだ！　なんで現従者が倒れているんだ！」

教師たちが三人の従者の死体を見て騒ぎだす。

「魔王が封神壷から触手を伸ばして、彼らの魔力を吸い取りました」

俺はさりげなく自分がしたことを魔王に擦り付ける。

しかし、彼らは納得しなかった。

「嘘をつくな！　魔王は完全に封印されているはずだ！」

「何か変な儀式でもして、封印にちょっかい掛けたから解けたのでは？　俺は『無駄』だから何の儀式だったのか解らないですけど」

声に威圧をこめて、教師たちを睨み付けると、彼らは気まずそうに顔をそらした。こいつら、絶対俺が生贄にされたことを知っているな。

「とにかく、後で君には何があったか聞く。覚悟しておくようにな！　もしかしたら退学になるかもしれないぞ」

俺から目をそらした教師は、ごまかすように地面に落ちているヒビが入った聖具を拾い上げて去っていく。俺はちょっといい気分になりながら、パンドラに告げた。

「さあ、帰ろうか」

こうして、俺たちはその場を後にするのだった。

※　　※　　※

俺たちが魔王の洞窟から帰った後、魔法学園は大騒ぎになった。一応教師で現従者だったネメシスたちが衰弱死を遂げ、聖具のオリジナルが壊れたからである。

俺は教師に言ったように、すべて魔王のせいだということにして誤魔化せると思ったんだが、大地と契約した次の日に学園長室に呼び出されていた。

「ノア君。あの場であったことを洗いざらい話してもらおう」

ギロリと俺をにらみつけるハゲ頭の学園長、その隣には偉そうな顔をしたおっさんおばさんがいる。聖具を管理している三公爵家の貴族たちである。親族が死んだと聞いて、学園に文句を言いに来ていた。

「申し上げたとおりです。先生たちが何やら変な儀式を行っていて、俺は雑用係で手伝っていました。ですが、いきなり変な壺から触手が出て襲い掛かってきたんです。その触手が先生たちに巻きつくと、どんどん魔力を吸い取っていきました。俺は『無駄』なので見ていることしかできませんでした」

精一杯誠実そうな顔をして告げたので、学園長たちも信じる気になったみたいだ。

「うむ。君を生贄にして壺に魔力を注入する儀式の魔方陣に、何かの手違いが起こったのかもしれん……」

そうつぶやく学園長に、俺はわざとらしく聞いてみる。

「俺を生贄ってなんですか？」

「な、なんでもないぞ。こほん」

学園長はわざとらしく咳をしてごまかしやがった。やっぱりこいつも知っていたな。

学園長は三公爵に向き直ると、うやうやしく頭を下げた。

「どうやら、今回のことは事故らしいです」

「……だが、聖具が壊れているのはどういうことだ」

三公爵のうち、玉を受け継いでいた家の貧弱な体格の公爵が詰問する。学園長が何か言う前に、俺は畳み掛けた。

「それも魔王のせいかもしれません。触手は聖具にも絡みついていました」

「……貴様が何かしたのではないだろうな！」

盾を受け継いでいた筋肉ムキムキの公爵が俺に噛み付く。

「いや。彼は無理でしょう。魔力だけあっても聖具との契約もできない無能と聞いています。私の愚兄が失敗したということですわ」

杖を引き継ぐ公爵家のヒステリックそうなおばさんが、兄であるネメシスをこき下ろした。うれしそうだな。兄が死んだおかげで公爵家を継げるんだもんな。所詮実の兄妹でもこうなのに、俺も義理の妹であるアルテミスと仲良くできるわけないか。

「だから我が家の秘宝である聖具を貸し出すべきではなかったのだ」

「魔法学園に預けたせいで、このざまだ」

「そもそも平民や下級貴族などを鍛えて従者にするとは、勇者である王子に申し訳ない。我々のような聖具を受け継いできた門閥貴族の中から従者を選ぶべきだった。学園の責任は免れぬぞ」

おっさんおばさんたちが、生徒の俺がいるのに責任を押し付けあって醜い争いを始めてしまう。嫌だね。従者を権力を握る為の道具としか考えてないんだね。

「では、あなた方自身が新たな従者となって魔王退治を行っていただけますか？　オリジナルの聖具は壊れましたが、それと同様のレプリカはありますぞ」

責められた学園長が額に血管を浮かべながら反論した。顔真っ赤でタコみたいですね。

そう言われた公爵家の方々は、決まり悪そうにモジモジした。

「い、いや。我々はもう若くない。旅にでるというのも」

「公爵としての勤めもあるしな」

「戦いという下品な行いは高貴な身分の者としてできないわ」

いろいろ言い訳しているけど、戦いたくないってことだな。実績も上げずに権力だけ握りたいって何だよ。馬鹿なのか？

そう思ってニヤニヤしていたら、学園長が俺に気づいた。

「こほん。ノア君。もういい。下がりたまえ」

俺は立ち上がって一礼すると、さっさと学園長室を出る。外には心配そうな顔をした白い髪の少女が待っていた。

「大丈夫だった？　責められたりしてなかった？」

パンドラが俺に駆け寄って心配そうに聞いてくる。

「いや。別に？　お偉方は誰が悪いか責任を押し付けあっているよ」

俺の言葉を聞いて、パンドラが不安そうな顔になる。

「……だったら、ノアが悪いことにされるかも」

「俺みたいな小僧に責任押し付けたって、誰も納得しないだろう。俺はその場にいただけ。悪いのはすべて魔王だってことにしていたほうがあの人たちにも都合がいいんだよ」

(俺を生贄にしようとした負い目もあるしな)

心の中でつぶやいた。

「心配いらないさ。それより俺はついに「契約」できたぞ」

「本当？　何と契約したの？」

パンドラは興味津々で聞いてくる。

「とりあえず、誰もいないところで話そう」

俺たちは教会に向かうのだった。

※　　※　　※

教会の暗い地下では、俺とパンドラの体が密着していた。

まあ、精を吸われているだけなんだがな。

「やっぱりノアの精気はおいしい。幸せ」

俺から精気を吸い取ったパンドラはお腹をさすりながら満足した顔をしている。そのうち太るんじゃないかと思う。

「好きなだけ吸っていいぞ。俺は魔力に困ることは無いからな」

大地と契約したおかげで無限の魔力が使えるようになり、魔力を吸収したり他人に与えることができるようになったことを説明した。

「やっぱりノアは特別。地面と契約しようだなんて、普通の人は考え付かない」

パンドラは尊敬する目を向けてくる。まあ、偶然なんだけどね。

「それで、第四の従者として魔道具を作れるようになったの？」

「ああ、とはいえ知識だけだから、これから実際に作ってみないとうまくいくかわからないけどさ。でも魔力注入は完璧にできるようになったぞ」

俺は今まで必要魔力が大きすぎて起動できなかった、平べったい魔道具に魔力を注入してみる。ウィイインという音を立てながら、周囲を徘徊しはじめた。

「どうやら、空気と一緒にゴミも吸い込んでいるみたいだな。ゴミ拾いの魔道具だ」

「面白い。掃除が楽になる」

パンドラはその辺りを勝手に動き回っている掃除ゴーレムを見て、笑っている。

「それなら、これを使えるようになるかも？」

パンドラが取り出した箱に魔力を注入すると、ゆっくりと蓋がひらいていく。中を覗くと真っ白い空間が広がっていた。

「試してみよう」

ゴミ拾いの魔道具を入れるように念じてみると、どうみても入りそうにないのに物理法則を無視して収納していく。

「これで魔道具を持ち歩けるな」

俺たちは魔道具について書かれた本や用途がわかった魔道具を、パンドラの箱に入れて、盗まれないようにする。

いずれ他国にでも行って、魔道具を売る商売で成り上がってやろうと思うのだった。

※　※　※

大地と契約してから、少し前まで底辺だった俺は上がり調子である。大地から供給される無限の魔力は、俺の体自身も強化してくれるようで、心身共にエネルギーに満ちていた。

そんなある日、俺はいじめていた三人のクラスメイトに絡まれる。

「お前、調子乗ってんじゃねえよ」

「性懲りもなくパンドラ嬢につきまといやがって」

「ちょっと面かしな」

　こうして俺は裏庭の「回復の木」の下に連れてこられる。

「ここなら痛めつけても死なないからな。立場ってものを思い知らせてやる」

　彼ら不良生徒は、それぞれ学園から与えられた聖具の劣化レプリカを使って、俺に襲い掛かってきた。

　しかし俺は軽く手を上げて、三人が放った魔法を吸収する。

「あれ？　魔法が消えた。なんでだ？」

　動揺する三人に近づき、そっと手を触れて彼らの体内の魔法を吸収した。

「な、なんだ！　急に力が抜けて……」

　俺の手が触れた途端、三人は魔力を失い地面にへたり込む。

「どうした？　『無駄』の俺にお仕置きするんじゃなかったのか？　そんなんで勇者様の従者になれると思っているのか？」

　軽く煽ってみる。気持ち良いな。

「な、なぜだ……なんでお前なんかにそんな力が」

「さあな」

　俺は奴らをあしらいながら、徹底的に魔力を吸い取る。その魔力は俺の体を通じて大地に還していたから、いくらでも吸い取ることができた。

そうしているうちに、奴らの魔力容量が下がっていく。どんどんその体から力が失われていった。

「や、やめろ。俺の親父はオケサー伯爵だぞ。俺に手をだすと親父が黙っていないぞ」

「知らねえよ。そんなどこにあるかも分からない領地のオヤジなんて」

リーダー格の奴が何か言っているが、俺はまったく取り合わずに、魔力を吸い取り続ける。奴らはついには聖具との契約も解除されてしまった。

「て、てめえ！　何をしやがった！」

持っている盾、玉、杖のレプリカとのつながりが切れたことを感じた三人が喚きだすが、腰が抜けて立てないらしい。

「ちょっとした仕返しさ。お前たちには世話になったからな。俺の気持ちをわかってほしくてな」

俺は魔力を失って立てなくなっている三人に笑いかけた。

「これでお前たちも『無能』の仲間入りだ。聖具との契約を切られたお前たちに、学園や実家で立場が保てるかな？」

俺の言葉に三人は真っ青になっていく。彼らは貴族家のお坊ちゃんで、魔法という力で配下や領民を従えていた。それがなくなったら、どうなるか考えるまでもない。

「ま、ゆっくり身の振り方を考えておくんだな」

俺はそういい置いて、その場を去ろうとした。

「ま、待ってくれ。誤解なんだ！」

「誤解ってなんだ？」

俺が睨みつけると、三人のリーダー格の生徒はためらいながら話しだす。

「俺たちは王子の命令でお前をいじめていたんだよ。従者候補のアルテミスたんやアテナ様、パンドラ嬢に近づくお前が気に入らないんだって！」

そいつが話す内容は、だいたい俺が思っていた事と一致していた。

「王子は俺たちをけしかけてお前の情けない姿をみせれば、彼女たちは愛想をつかすと思ったんだろう！　まだパンドラ嬢と仲良くしているから、もっといじめろって」

「だが、お前たちも明らかに楽しんでいたよな」

俺が指摘すると、不良たちは泣き出した。

「正直、それは認める。俺たちだってお前が気に入らなかったからな。だけど信じてくれ！　俺たちの家は貴族だ。アレス王子には逆らえないんだ！」

「だからって、俺をいじめていいってことにはならない」

俺はやつらの言い訳を冷たく突き放した。

「王子に言っとけよ。俺はもはや役人になる気はないから、勇者にも国にも従うつもりはない。お前らは勝手に魔王と戦えってな」

そういい捨てて、俺はその場を去るのだった。

それから、ほかのクラスメイトや上級生たちが代わる代わる嫌がらせに来たが、全員魔力を吸収して聖具との契約を無効にしてやった。

そうしていると、だんだん噂が広がって恐れられるようになる。

「ノア。あんたに呪いを掛けられているって噂が広まっているけど、何をしたの？」

「さあねえ」

アルテミスにそう聞かれたが、俺は笑ってごまかす。今まで俺にとってきた冷たい態度を考えると、俺の真実を明かす気にはなれなかった。

「何よその態度。ノアのくせに！」

アルテミスはあしらわれた事に怒って去っていく。

「ノア。最近学園で変なことが起こっているぞ。何人もの生徒が魔力を失って退学している。彼らはお前にちょっかいをだしていた奴らだ。何かしたんじゃないか？」

「俺が何もできない『無駄』だってのはアテナが一番良く知っているじゃないか」

皮肉っぽく言ってやると、アテナは憮然とした顔になった。

「むう……ノアの癖に生意気だな」

アテナは口をへの字にまげて睨みつけるが、俺はちっとも怖くなかった。

「お前が変なことをしたら、私やアルテミスまで迷惑を蒙《こうむ》ることになる。無能なら無能らしくおとなしくしていろ」

「おかしなことを言う。他人の俺が何をしようが、お前たちには関係ないはずだろ？」

俺がそう指摘すると、アテナは嫌な顔をした。

「王子がそう思ってくれないから困っているんだ。お前がらみの苦情を王子に持ち込まれ、迷惑しているとな」

「そんなことまで面倒みられるか。子供じゃないんだから自分で解決しろよ。それとも俺から王子にお前たちなんかとは他人だって言ってほしいのか？　いいぜ。連れてこいよ」

俺の態度にアテナは激怒して去っていく。

「なんだその態度は！　失礼なやつめ。もういい！」

遠ざかっていくアテナの背中を見ながら、俺は二人との距離がどんどん遠のいていくのを実感する。だが、もはや俺のほうも二人に歩み寄る気はなかった。

※　　※　　※

私は名もない平民あがりの魔術師である。現在、国からの命令で海魔王ポセイドンの再封印に来ている。洞窟の中に出てくるモンスターは魔法学園の生徒たちでも倒せる雑魚ばかりだったが、魔王は格が違うことを私は実感していた。

洞窟の最深部にある海魔王ポセイドンを封印した壷にヒビが入っており、すさまじい量の蒸気が漏れている。

周囲には私同様ひきつった顔の魔術師たちがいる。彼らの何人かは壷に魔力を吸い取られ、干乾びてミイラのようになっていた。

「な、何人の魔力を差し出せば、この封印を維持できるんだ？　宮廷魔術団の全魔力を注入しているのに！」

「お、俺はもう嫌だ！　こんなのただの生贄じゃないか！」

一人のまだ若い魔術師が逃げ出そうとするが、周りの騎士に剣を突きつけられる。

「逃げるな。今学園では、勇者様が従者を選んでいる。彼らがここに来るまで食い止めるんだ！」

そう脅しつける騎士の目にも、焦りと恐怖が浮かんでいた。

私たちが揉めていると、ついに壷全体にヒビが広がる。

「も、もうだめだ！　魔王が復活する！」

ついに壷が割れてしまい、中からピンク色の触手が出てきた。

「助けてくれ！」

触手は目にも止まらぬ速さで動くと、魔術師も騎士も関係なく捕らえていった。巻きつかれた者たちは、触れた部分から液体を注入されて膨れ上がっていく。ついには破裂してしまい、血と肉を洞窟内にぶちまけて死んでいく。私も瀕死の重傷を負い、力なく地面に横たわっていた。

すると、割れて粉々になった壺から人影が立ち上がる。それは数え切れないほどの触手を下半身に生やした美しい青年だった。

「……やっと封印が解けた」

青年は独り言をつぶやくと、私に聞く。

「俺を封印したアイツの子孫はどこだ」

子孫？　アイツ？　なんのことだ？

「わ、わからない」

「とぼけるな。アイツがいる限り俺たちは勝てないんだ。吐いてもらうぞ」

私の耳に触手が入ってきた。脳に激痛が入り、情報が吸い出されていく。

「ふむ……アイツの子孫だったあの男は死んだのか。だが子供がいるらしいな。今は魔法学園という所に通っていると。ならば、魔神様の露払いとして奴らを始末しようか」

青年の体が霧状になり、消えていく。同時に私の意識は永遠の闇に沈んでいった。

7話　魔王ポセイドンとの戦い

新しい従者を正式に決定するため、魔法学園で武道大会が開かれる。それは学年も性別も身分も一切考慮されず、ただ強いものだけを選ぶためのものだった。

もっとも俺は『無駄』なので我関せずと観戦を決め込んでいる。周囲では生徒たちが無邪気に歓声を上げていた。

「盾姫アテナ様ーーー」

特に女子生徒に人気なのは、青髪でクールビューティな盾の従者候補である。武舞台の上では、腕に装着した盾で同じく盾を構えた男子生徒をボコボコにするアテナがいた。

しかし……盾を武器にするのか。素手で戦ったほうがいいんじゃないかな？　魔法で身体強化しているし。

「聖女アルテミスたん。可愛いよ！」

多くの男子生徒が、黄色い髪の元気美少女を応援している。二つ目の武舞台では、白い杖を掲げたアルテミスが風魔法で相手を攻撃していた。

『エアバインド！』

アルテミスの杖から出た風の縄が、相手の少女を縛り上げる。胸が強調されるように押し出され、彼女は清楚な顔に羞恥を浮かべた。いいぞもっとやれ。

思わず縛りプレイに見とれていたら、いきなり爆発音が響いてきた。

『ナパームバースト』

思わずそっちを見たら、三つ目の武舞台に玉を掲げているパンドラがいる。相手どころか出番待ちをしている生徒たちまでまとめて打ち倒していた。

「……雑魚の相手は時間の無駄」

パンドラは無表情で切り捨てると、生徒たちを尻目にこっちにやってきた。

「ノア、魔法を使ってお腹すいた。精気ちょうだい」

パンドラは俺の隣にちょこんと座った。

「あんなことしていいのか？　反則だろう？」

俺は貴賓席を指差す。そこには引きつった顔をした王子やお偉方がいた。

「もともと、従者なんて興味ない。なりたいやつがなればいいだけ。棄権しようとしたら出ないと退学だっていわれたから、仕方なく出た」

どうやらパンドラは従者になるつもりはないらしい。

「だけど、たぶんお前が選ばれるんだろうな。他の玉従者候補を全滅させてしまったんだし」

「その時は、旅の世話人としてノアを高給で雇うことを条件にする。どんな条件だったらついてきてくれる?」

パンドラは可愛らしく聞いてくる。

「そうだなぁ。日給十万マリスに危険手当が一ヶ月百万マリス。魔王を倒すたびにボーナスとして領地をくれるという契約だったら考えなくもないかな」

ちなみに役人の初任給が月二十万マリスで、平民の丁稚の給料が月十万マリスである。俺が冗談でそういうと、パンドラはちょっと笑った。

「それいいかも。二人で良い所に領地をもらって、一緒に暮らそう」

パンドラはそういうと、甘えるように擦り寄ってくる。そして俺の首筋をピチャピチャと音を立てて舐めた。やめてください。興奮してしまいます。

「いい感じに精気が高まってきた。早くちょうだい」

「お、おう……こんな場所でか?」

「いいから、待ちきれないの!」

そういうとパンドラは遠慮なく俺を押し倒し、首筋に噛み付いてきた。ちっちゃいけどやわらかい体だな。

「こ、こんな大勢の前でいちゃついている……」

「うらやましい。『限界』のパンドラにあんなに懐かれるなんて。あいつ誰だ?」

一部の上級生が俺を睨み付けてくるが、周りの生徒たちに止められていた。

「『呪い』のノアだよ。あいつに関わったら呪いを受けて退学に追いこまれるみたいだ。関わらないほうがいいぜ」

周囲からひそひそ声が聞こえてくる。どうやら俺の悪い噂が広まって、生徒たちは絡んでこなくなったらしいな。これで馬鹿の相手をしないですむだろう。

※　※　※

玉の従者以外は順当に試合が進み、アテナとアルテミスが優勝する。表彰式では、満面の笑みを浮かべたアレス王子が降りてきた。

「ここに新しい従者となる三人が選ばれた！　いずれも僕のパートナーとしてふさわしい者たちで満足している！」

王子は大げさに声を張り上げている。アルテミスとアテナは嬉しそうな顔になったが、パンドラは無表情だった。

続いて三公爵のおっさんおばさんたちが降りてくる。

「こほん……我々から、新たな従者となった者たちに聖具を貸し与えよう」

貸し与えるね。そういうことで折り合いをつけたんだな。

でもオリジナルの聖具は壊れたんじゃなかったっけ。どうしたんだろう。そう思っていると、ちゃんと元通りになった聖具を持ってきた。

さすがだな。なんとかして表面上だけでも直したのか。でもあれじゃだいぶ壊れているから、魔王を倒せないだろうなーと思いながら、俺は生暖かい目で見ていた。

「さあ。跪いて勇者に忠誠を誓うがいい」

三公爵が自分の前にある台にオリジナルの聖具を置いて、跪くように迫る。

アルテミスとアテナは跪いたが、パンドラは立ったままだった。

「貴様！　どうして跪かぬ！」

玉を管理していた貧弱な体格の公爵が顔を真っ赤にするが、彼女は恐れ入らなかった。

「私は別に勇者の従者なんかになりたいとは思わない」

「貴様！　空気を読まぬか！」

貧弱公爵は顔を真っ赤にして怒るが、パンドラは無表情で続ける。

「私を従者にしたいなら、ノアも雇って。日給十万マリスに危険手当が一ヶ月百万マリス。魔王を倒すたびにボーナスとして私たちに領地をくれるという契約で」

言ったよ。それ冗談だったのに。三公爵と王子はそれを聞いて慌てだした。

「彼は魔力だけの無能だ。僕の従者にふさわしくない」

王子の言葉にアルテミスとアテナも同調する。

「あんた、いい加減にしなさいよ」

「ノアみたいな無能を連れて行っても、かえって邪魔になるだけだぞ」

「なら、私は従者にならない」

二人がそういうな否や、パンドラは壇上を降りようとした。彼女の態度が本気だと知って、王子は慌てて宥める。

「……なら、彼に決めてもらおう。だが、従者でもないのに高い報酬は出せない。月十万マリスなら雇ってやる」

王子が憎々しげに俺のほうを見るので、生徒たちの視線が集中した。

どうしようかね。月十万マリスは安すぎるけど、パンドラのことも心配だしなぁ。あのスケベ勇者は絶対にちょっかい出してくるし。

俺が迷っていたら、王子はますます調子に乗ってきた。

「どうした？　下賤な平民なら妥当な報酬だろう？　その気があるならここに来い」

仕方ない。付き合ってやろうか。待遇は徐々に交渉していけばいいしな。

そう思って立ち上がろうとしたとき、いきなり晴れた空が曇ってきた。

「な、なんだ？」

生徒たちが空を見上げると、紫色の雨が降ってくる。

「な、なんだこの雨？　か、体が動かない？」

雨を浴びた生徒たちが固まっている。もちろん俺も座ったまま動けなかった。

「なんだこれは！」

武舞台の上の三人と王子だけは動けるようだ。どうやらとっさにアテナが結界を張り、アルテミスが麻痺を治療したらしい。

「なるほど。当代の勇者はお前たちか」

軽薄そうな声が響き渡り、雨が降り止む。紫色の水が集まり、人型を形作った。

「な、なんだお前は！」

王子は剣を抜くが、ちょっと腰が引けている。現れたのは上半身が美青年、下半身が無数の触手の怪物だったからだった。


「俺は海魔王ポセイドン。魔神クロノス様に従って人間を滅ぼす魔王ってことになっている」

ポセイドンと名乗った男は、触手を繰り出して結界に触れる。アテナが持つ盾にヒビが入り、あっさりと結界が砕け散った。

「なんだ。ずいぶん脆弱な魔道具だな。まあいい。お前たちみたいな雑魚を相手にしてもしょうがない。アイツはどこだ」

ポセイドンは興味なさそうに勇者と三人を一瞥すると、そんなことを聞いてきた。

「ほ、僕は今代の勇者アレス！　雑魚とはなんだ！」

プライドが恐怖を上回ったのか、王子が顔を真っ赤にして怒鳴りあげる。

しかし、ポセイドンの方は冷たくあざ笑った。

「ああん？　『剣』も『盾』も『玉』も『杖』も、いくらでも代わりがいるアイツの僕《しもべ》にすぎねえだろうが！　アイツさえいなければ、お前らなんか相手にもならねえよ」

ポセイドンはそう言い捨てると、観客席の生徒たちを見渡す。

「『道具』でてこい！　ここにいる事はわかっている。てめえさえぶち殺せは、俺たち魔族の勝利は確定するんだ」

「ど、『道具』ってなんだ！」

王子が聞くと、ポセイドンは忌々しげに答えた。

「次々と変な魔道具を生み出して俺たちを封印しやがった奴だよ。その後継者がいるはずだ！」

あ、やばい。あいつが言っているの俺のことだ。そんなこと言われても動けないし、ここは黙っていよう。

俺はそう思って、目立たないように自分の魔力を大地に還して一般生徒のふりをした。

「どうした！　出てこないなら端から一人ずつなぶり殺しにしてやる」

ポセイドンの言葉が学園に響き渡り、生徒たちの顔が恐怖に歪む。それに立ち向かったのは、三人の従者候補だった。

「ふざけるな。私たちがお前を倒してやる」

アテナが盾を掲げ、身体強化の魔法を全員にかける。

アルテミスも杖を掲げ、魔法抵抗の魔法をかけた。

「ノアを傷つけるなら容赦しない」

パンドラも『玉』を掲げ、魔法を放つ。

『ナパームバースト！』

玉から出た爆発魔法が、ポセイドンを吹き飛ばすと蒸気がたちのぼり、その姿を隠す。

「無駄よ。『ホーリーウインド！』」

アルテミスの杖から風が吹き上がり、蒸気を吹き飛ばしてポセイドンの姿を露にする。

「いくぞ！」

アテナは盾を棘がついた鉄球に変化させ、ポセイドンに向けて振り下ろす。ぐちゃっという音がして、魔王の足元の触手が潰れた。

「王子！　今です！」

アテナの必死な声を聞いて、王子も動き出した。

「え、えっと……勇者の正義の一撃で、永遠に滅ぶがいい。シャインスラッシュ！」

王子の持っている聖剣アロンダイトがポセイドンに突き刺さり、光の魔力が伝わっていく。ポセイドンの体は膨れ上がり、ついには破裂した。

武舞台の上に、ポセイドンの体の破片が散らばる。

「やったぞ！　勇者が魔王を倒したんだ！」

「アレス王子万歳！」

生徒や教師たちも未だに麻痺が残っていて動けなかったが、勝利を称えて歓声をあげる。王子は満足そうに聖剣アロンダイトを掲げて笑顔を浮かべた。

周りが騒ぐ中、俺は疑問に思ってしまう。なんか悪い予感がするんだけど。魔王が倒されたのに、どうして麻痺が残っているんだ？

そう思ってよく見たら、ポセイドンの破片から蒸気みたいなものが立ち上り、ひとつにまとまろうとしていた。まさか、あの蒸気が本体じゃないよな？

そう思っていたら、人型となった蒸気はあっという間に実体化していった。

「ぶはは。倒せたと思ったのか？　残念だったな」

そう言い放ったのは、予想通り海魔王ポセイドン。

「ば、ばかな。倒したはずなのに」

「ああん？　お前バカか。先代の勇者パーティがなんで俺たちを封印していたと思っていたんだ？魔神の一族である俺たちは死なないのさ」

え？　つまり魔王は倒せないから封印しかないと？　なんですかその反則チートは？

それを聞いて呆然とする勇者と従者たちに、ポセイドンは笑いながら襲い掛かる。王子は必死に触手を剣で受けるが、触手によって折られてしまった。

「バカな……聖剣アロンダイトが……ひいっ！　い、命だけは助けて……」

剣を壊されて心が折れたのか、アレスは剣を投げ捨てて命乞いを始めた。

「くせっ！　お前、漏らしやがったのか？」

そんな勇者をポセイドンがあざ笑う。どうやら王子は失禁してしまったらしい。人類を救う勇者としてはどうよ？

ポセイドンはそんな彼に興味を無くしたのか、頭をかいてつぶやいた。

「まあいい。お前なんて殺しても意味はねえからな。でも一応勇者と従者だから、アイツの仲間ではあるんだよな。仕方ない」

ポセイドンは触手を使って、四人を締め上げる。強い力で締め付けられ、パンドラたちは苦痛の声を上げた。

「出て来い！『道具』。出てこなかったらこいつらを殺す」

ポセイドンは勇者と従者を人質にして、生徒たちを脅しつけた。

やばい！　出て行ったら死ぬかも。でも放っておいたらパンドラが殺されるんだよな。仕方ない。出て行くか。

立ち上がった俺を見て、生徒や教師たちがお前なんで動けるんだという顔をする。あんまり目立ちたくないのに。

「ほう。俺の『麻痺雨』が効かねえとはな。お前が『道具』なのか？」

ポセイドンがニヤニヤしながら聞いてくる。

「違いますよ。俺は手ぶらでしょ？」

俺は両手を挙げて、何も持ってないことをアピールした。

「なら、なんで動けるんだ？」

「体質です」

本当は麻痺の魔法を分解して、魔力に戻して吸収したからだが、あえて手の内を隠したまま武舞台にやってきた。

「やめて……こないで」

「お前がきたって……無駄死にするだけだ」

「ノア……逃げて」

従者の三人が声を絞り出す。それを聞いたポセイドンは面倒くさそうな顔になった。

「うっとうしいな。黙っていろ」

ポセイドンの触手が三人をさらに締め上げ、沈黙させる。やばい。麻痺は無効になったけど、彼女たちを助けて逃げられそうにない。王子はどうでもいいんだけど。

とりあえず、俺は交渉することにしてみた。

「ポセイドンさん。なんとか話し合いができませんか？」

「話し合いだと？」

おっ、食いついてきた。意外と理性的だな。

「そうです。俺は別に魔族と戦う気はさらさらありません。そもそもこいつらを守りたいとも思ってませんし」

それを聞いた生徒や教師たちが目を剥いて俺を睨みつけてきた。なんだよ。今まで俺を『無駄』とバカにしていじめていただろ。なんで俺がお前らを助けないといけないんだよ。

「ほう。お前は人間嫌いなのか。気が合いそうだな」

ポセイドンは笑顔を向けてくる。意外と仲良くなれそうだ。

「ええ。俺が守りたいのは自分と身内だけです。具体的にはそこのパンドラだけ。おまけでアルテミスとアテナも助けてくれたら、勇者は好きにしていいですよ」

「ふえっ！」

それを聞いた王子が情けない叫び声をあげた。

「ははは。面白いやつだな。こんなゴミムシどうでもいいんだが。そうだな……このアトランチス大陸からお前たち人間がいなくなるなら、考えてもいいぜ」

なんか無茶な条件を出してきたぞ。

「そういわれても困るんですが……俺たちどこにいけば？」

「知るかよ。でも、そうだな。ここから東にずっと行けば、無人の大陸があるぜ。魔力が弱い土地だから、そこに住めば徐々に魔法が使えなくなるだろうがな」

え？　それだけでいいの？　検討の余地はあるんじゃないの？

俺がそう思っていたら、実家が貴族や商人の生徒たちからブーイングが巻き起こった。

「ふざけんな！　我が家の領地はどうなるんだ！」

「うちは広い土地を持っているんだ。それを捨てて何もない土地に行けって、死刑宣告みたいなものじゃないか！」

おいおい。お前たち、今が生きるか死ぬかの瀬戸際だってわかっているの？　ポセイドンさんの機嫌損ねたら、麻痺しているお前たちなんてひねり潰されちゃうよ。

どうすればこの場を収められるか考えるが、いいアイデアが思いつかない。

「交渉は決裂だな。なら、お前たち人間を皆殺しにするまでだ。どうやら動けるのはお前だけみたいだ。お前が人間代表として、俺と戦って決着をつけようぜ」

勝手に俺を人間代表にしないでください。

どうしょうかな。俺だけなら逃げられるんだけど……パンドラが捕まっているんだよな。

俺はため息をつくと、しぶしぶ武舞台に上がった。

「てめえが『道具』かどうかは知らねえが、俺の麻痺が効かないとは無気味なやつ。悪いが死んでもらうぜ」

そういうと、ポセイドンは触手を大きく広げて、襲い掛かってくる。俺は何の抵抗もせずに、触手に絡みつかれた。

「なんだあいつ、格好つけて出て行ったのに、もうやられたぞ」

生徒たちがそう笑っているのが聞こえる。ずいぶん余裕ですな。俺がやられたら次はお前らの番だぞ。

俺は触手に締め上げられながら、大地と自分をリンクさせる。同時に触れている触手から魔力を吸い取り始めた。

「あれ？　何だ？　急に力が抜けて……」

触手の締め上げる力がどんどん弱くなり、魔力も小さくなっていく。当然だよな。いくら魔王だって、俺を通じて無限の魔力容量をもつ大地に魔力を吸い取られたらたまったもんじゃないだろう。

このままカラカラにしてやってもいいけど、俺が倒したら魔族や国に目をつけられるかもしれないんだよな。しょうがない。勇者と従者に倒してもらいますか。

そう思い、ひそかに自分と他の四人の精神をリンクさせ、魔力を分け与えた。

「な、なに？　あったかい……」

「強い魔力が流れ込んでくる……なんなんだ？」

ぐったりとしていたアルテミスとアテナが、急に元気になって動き始めた。

「おお……力が沸いてくる。これが秘められた勇者の力？」

何か勘違いしているアホもいるな。

俺の魔力を吸って、破壊された四つの聖具も修復されていった。

「この魔力……やっぱりノアのもの」

うっとりした顔になったパンドラが、余計なことをつぶやいた。

「なんですって？」

「この力はノアのものなのか？」

案の定、聞いていたアルテミスとアテナが反応してしまう。

「当然。あなた達と違って、私はノアと身も心も繋がっている。だから分かるの」

パンドラさん変なことを言っています。まだ俺からは何にもしてないんですけど。

「ぐぬぬ……話は後だ。今はこいつを倒すぞ！」

「うん！」

アルテミスとアテナが触手を引きちぎる。アレスも剣で触手を切り落とした。

「見ろ！　これが勇者の力だ！」

やたら張り切った王子がボセイドンに襲い掛かり、アテナも殴りかかる。アルテミスは杖に風をまとわせ棍棒のようにすると、ちぎれた触手の破片をつぶしていった。

三人が狂ったように攻撃を繰り返す中、パンドラだけは俺の所にきて。かばうように玉を掲げる。

「ノア。あいつは不死身。いくら攻撃しても無駄。どうしたらいいと思う」

「そうだな。やっぱり封印するしかないよな」

大地に手を当てて念じると、俺が望んだ物が形作られていく。

「今からあいつを封印する。パンドラはあいつを焼き尽くして、蒸気の状態にしてくれ」

「わかった」

パンドラは極大魔法を使うために魔力を集中させる。その後ろで、俺は必死に作り上げた『道具』に魔力をこめていた。

『フラッシュラッシュ！』

王子の剣が輝き、ポセイドンを切り裂く。

『剛覇拳』

盾を拳にまとわせてナックルにしたアテナが、魔力でポセイドンの体を砕く。

『ウインドキュア』

アルテミスが必死になってポセイドンの振りまく麻痺毒を浄化している。

「ははは。僕たちは無敵だ！」

俺の魔力を与えられて、高揚状態になった王子は高笑いしていた。

「なにこれ……どんなに魔法を使っても消耗しない」

「これなら、いくらでも戦える気がする。私たちは強くなったのか？」

アルテミスとアテナも楽しそうにしている。それは一時的なもので、俺から魔力供給が途絶えれば元に戻りますよ。

「ノア。呪文詠唱が終わった。打つ」

パンドラが掲げた玉から、太陽のように燃え盛る炎の球体が出ていた。

「お、おい。ちょっと待てよ。王子たちが……」

「どうでもいい。邪魔」

パンドラは俺の忠告を無視して、炎の玉を放とうとした。

「みんな、危ないぞ。逃げろ！」

俺に言われて、三人はハッとなってこっちを見る。

「ち、ちょっと待って」

王子たち三人は死に物狂いでポセイドンから離れた。

『コロナカタストロフィー』

パンドラが放った炎の玉は、大爆発を起こすのだった。

武舞台に爆煙が巻き起こり、生徒たちの視界を遮る。

(うまくいってくれよ。急いで作ったから不安だけど)

俺はそう思いながら、ポセイドンを封印できる『封神壷』のふたを開けた。すると、紫色の蒸気が壷に吸い込まれていく。

「おのれぇぇぇ！」

ポセイドンの悔しがる声が聞こえてくる。やっぱりあの魔法を食らっても生きていたんですね。うっとうしいから封印されていてください。

爆煙が晴れるころには、ポセイドンの本体である蒸気はすべて壷に吸い込まれていた。

「げほっ、げほっ……何？　何が起こったの？」

「私たちがいるのに魔法を放つとは……『布盾』が間に合ったからよかったものの、下手をしたら死んでいたぞ」

煙が晴れると、薄い布のようなもので体表を覆った三人が現れた。盾にはそんな使い方もあるのか。意外と使えるな。

「と、とにかく、海魔王ポセイドンは僕たちが倒した。勇者と従者の初勝利だ！」

なぜか元気な王子が、聖剣アロンダイトを掲げて高らかに宣言した。

「俺たちは助かったんだ！」

「勇者様と従者様、万歳！」

麻痺が解けた生徒たちが歓声を上げる。

そんな中、俺は静かに封神壷を持って武舞台を降りようとした。

「ノア、どこに行くの？」

パンドラが聞いてくる。

「俺は従者じゃないからな。場違いだろう」

「私もいく」

パンドラは武舞台を降りて、トコトコとついてくる。

そんな俺たちに、アルテミスとアテナが声を掛けてきた。

「ノア。いいや、お兄ちゃん。助けてくれてありがとう」

「お前がいたから魔王を倒せた。感謝する」

二人は殊勝に頭を下げてくる。だけど、今更手のひら返しをされても遅いんだよ。

「別にいいよ。だけどこれで義理は果たしたからな」

俺は二人に対して、冷たく言い捨てた。

「義理って?」

「今までの人間関係の借りだよ。義理の妹の縁。幼馴染としての縁。それらすべて、これでチャラだ。俺は新しい家族と生きていく」

俺はそう言って、パンドラの手をとってその場を去る。

二人は追いかけてはこなかった。

8話　後悔する少女たち

海魔王の襲撃事件が起こった後、魔法学園は蜂の巣をつっついたような騒ぎになった。

国から何人も役人が来て、詳しい事情を生徒たちに聞く。彼らが特に関心を持ったのは、ポセイドンが言っていた『第四の従者』のことだった。

当然、あの事件で目立った俺も疑われて、パンドラの家である教会も調べられたが、そこには魔道具もそのことを書いた本も一切みつからなかった。

当然だよな。必要なものは全部パンドラの箱に入れているんだし。

学園内での俺の立場は微妙である。魔王を倒した王子を信奉している生徒たちは、俺を何もできなかった無能だと馬鹿にしてきた。そんなやつらに食堂で絡まれたりする。

「おい。勇者様に何の力にもなれなかった無能が。いつまで学園にいるつもりなんだ」

何もできなかったのは麻痺していたお前たちだろ？　もしかして俺をバカにすることでそのことから目をそらしているのか？

うっとうしいから魔力を吸収して黙らせてやろうと思ったら、黄色の髪をした元気少女が割り込んできた。

「あんたたちってバカね。お兄ちゃんがどんなにすごいことをしたかも知らないくせに」

上から目線で生徒たちをあざ笑ったのは、俺の元義妹アルテミスだった。

「アルテミスたん……」

困惑する男子生徒を尻目に、彼女は俺に擦り寄ってくる。

「お兄ちゃん。何かの聖具と契約としたんでしょ？　おめでとう。これで従者になれるね」

「は？　今更何言っているんだ？　バカなのか？」

俺が鼻で笑って聞き返すと、アルテミスは気まずそうな表情を浮かべたが、言い訳を始めた。

「あ、あの。今まで馬鹿にしていてごめん。お兄ちゃんが無能だったのが悔しくて、つい言いすぎちゃった。これからは兄妹一緒にがんばって王子を盛り立てようよ。そうしたら私たちはいずれ貴族になれるかも……」

「興味ないな。それから俺のことをお兄ちゃんと言うな。お前の方から縁を切ったんだろ？　俺とお前はもう他人だ」

俺はそういうと、パンを受け取って食堂を去った。

回復の木の下でパンを食べていると、今度はアテナがやってきた。

「何の用だ？」

「この私にそんな口を利けるようになったとは、成長したのだな」

アテナはなぜか嬉しそうに笑った。何偉そうに上から目線で言っているんだろうな。

「確認したい。あの時、私たちは何かから力を貸してもらった。それはお前なのか？」

「ああ」

俺は短く答えた。

「改めて礼を言おう。ありがとう」

「義理を果たしただけだ。これでお前たちとは完全に他人になれた」

俺がそういうと、アテナは気まずそうな顔になった。

「そ、その、ここ最近お前に冷たく接してしまって悪かったと反省している」

「気にするな。幼馴染なんてそんなもんだ。小さい頃は狭い世界にいたから近くにいる者同士が仲良くなれたが、大きくなって世界が広がったら疎遠になる。お前も王子を知って、無力な俺がゴミに見えたんだろ？」

俺の言葉にアテナは真っ赤になって反論しようとした。

「そんなことはない。私はお前を弟のように思っている」

「白々しい。今まで俺に言った言葉を思い出してみろ。無駄だの無能だの。それが弟に投げかける言葉なのか？　お前は弟に向かって唾を吐いたのか？」

あくまで拒絶する俺に、アテナは頭を下げる。

「悪かった。これからは仲間として認めるから、共に従者として世界を救おう」

アテナはにっこりと笑って手を差し出してくるが、俺はその手を払いのけた。

「知るか。勇者に期待するんだな。お前のパートナーだろう。俺を巻き込むな」

「そんな……実際に魔王と戦って私はよくわかった。お前の力が無ければ勝てない。このままでは人間は滅んでしまうんだぞ！」

アテナはそう言って説得しようとするが、俺の心は動かなかった。

「知ったことじゃないさ。俺はこの学園で人間の醜さを散々見させてもらった。人間なんて滅びてしまえばいいのさ」

それを聞いたアテナは怒りに顔を紅潮させた。

「つまらないことを根に持ってウジウジと！　その腐った性根を叩き直してやる」

小さい頃俺にお仕置きしたように手を振り上げて殴ろうとするが、俺は一瞬早くアテナの体に手を触れて、魔力を吸収していた。

「くっ……体が動かない……」

悔しそうに唇を噛むアテナに俺は告げる。

「いつまでも小さい頃の人間関係が続くと思うな。殴りつければ何でも従うお前に都合のいい弟、いや奴隷はもういないんだよ」

俺はそう言い捨てると、その場を立ち去る。アテナは悔しそうに立ち尽くしていた。

俺はあの日以来、自宅を出てパンドラと一緒に教会で生活している。自分の部屋で休んでいたら、玄関からノックが聞こえてきた。

しぶしぶドアを開けようとしたが、訪問者を見てそのまま閉めた。

「おい！　なんで閉めるんだ」

「用がないから」

俺はそう返事したのだが、訪問者であるアレス王子はしつこくノックしてくる。

「あけろ！　僕は王子だぞ！」

あまりにもうるさいから、仕方なくドアを開けてやった。

「何の用だよ。お漏らし王子」

王子は一瞬嫌な顔をしたが、かまわず入ってきた。

「アルテミスとアテナから頼まれた。君を仲間に入れてくれって」

「ほほう。条件は？」

俺はちょっと興味がある振りをしてやったら、王子は嫌な笑いを浮かべやがった。

「喜べ。父上に奏上して月給三十万マリスで雇ってやる。しかも旅が終わったら宮廷魔術師として召抱えてやろう」

ちょっと譲歩したみたいだが、まだまだ甘くみているな。

「お断りさせていただきます。今回の面接はご縁が無かったということで」

俺が拒否すると、王子は怒りの表情を浮かべた。

「なんでだ。僕は王子だぞ！　俺に従え！」

「雇用関係もないただの他人に言われる筋合いはないな。国王や王子が威張れるのは貴族や役人たちだけだ。平民の俺にとっては、お前に従う義理はない」

俺は冷たく事実を指摘してやった。

「だったらこの国に住めなくしてやるぞ！」

「ちょうどいいな。俺も別の国に行こうと思っていたんだ。パンドラを連れて」

俺がそう言うと、王子は慌てた。

「君はともかくパンドラ嬢は困る。彼女は世界を救う勇者である僕の従者になるんだ！」

「本人にその気は無いみたいだが」

俺は意地悪く指摘してやった。

「くっ……僕たちは勇者と従者なんだ。魔族に苦しめられている多くの民を救わないといけないんだ。なんで君は邪魔するんだ！」

追い詰められた王子は、勇者っぽいことを言い始めた。だけどそれをただの平民の俺に強要するのは筋が違うんだけどね。

「それはお前の使命だろ？　勝手にやっていればいい。俺たちを巻き込むな」

「なぜだ！　世界が滅んだら君たちだって困るじゃないか！」

そんなことを言われてもな。ポセイドンの言葉がなかったら、その脅し文句も通用したんだが。

「その時は二人で世界の果てに逃げるさ」

「き、君って奴は……」

アレスは聖剣アロンダイトに手をかける。説得できなかったら力づくですか。

俺は一瞬早く王子に手を触れて、魔力を吸い取る。たちまち王子は腰砕けになった。

「ふん。何が勇者だ。俺の敵じゃないな」

俺が魔力を吸い取ることにより、聖剣アロンダイトの輝きも失われていく。完全に魔力を失う前に、俺はへたり込んだ王子を蹴飛ばして教会から追い出した。

「くそっ！　勇者である僕を足蹴にするなんて！」

王子はしばらく外で喚いていたが、俺は無視を続ける。

「後悔するなよ。僕たちが世界を救った後に土下座して詫びても許さないんだからな」

しばらくして、王子は捨て台詞を吐きながら帰っていった。


次の日、俺は学園長に呼ばれた。そこには三公爵のおっさんおばさんと、偉そうな格好をした青年がいた。まずハゲの学園長が口を開く。

「こちらはアレス王子の兄上であらせられる、アポロ王太子殿下だ」

「アポロだ。軍を統括している」

騎士団長の格好をした若い男が、俺を睨み付けて来た。

「君がアレスに無礼を働いたというのは、本当か？」

「嘘ですね」

俺はしれっと否定する。部屋内の殺気が高まった気がした。

「とぼけても無駄だ。アレスから訴えがでている」

「へえ。魔王を倒した勇者様が、平民の一般生徒にいじめられてお兄ちゃんに泣きついたんですか。情けないですね」

俺は王太子のほうを向いて挑発すると、彼は不愉快そうに顔をしかめた。王太子を抑えて、学園長が割って入る。

「君は魔力を吸い取れるようだな。自主退学した生徒たちに話を聞いた。みんな君のせいで魔力を失ったそうだ」

学園長は持っていた資料を机の上にバサっと投げ出す。そこには綿密な聞き取り調査の結果が記載されていた。

「何のことかさっぱりわかりません。あいつらは俺をいじめて危害を加えていた奴らです。そんな奴らが何を言っても、俺は認めたりしませんよ」

「いい加減にしないか！　あくまで白を切るなら、こっちにも考えがあるぞ」

痺れを切らしたのか、マッチョの盾公爵が怒鳴り散らした。

「考えとは？」

「いつまでその余裕が続くか見ものだな。おい」

貧弱な玉公爵が顎をしゃくると、兵士が部屋を出て行った。

しばらくすると、デコボコした石の板を持ってくる。

「あなたを拷問にかけます。私たちの質問に答えないなら、この板の上にのせて、正座させて」

そこまでいった所で杖公爵のおばさんは言葉を失う。俺が持ってきたかばんから壷を取り出したからだった。

「これが何か知っていますよね。『封神壷』です。俺が作りました。中には何が入っていると思いますか？」

俺は壷の蓋に手を掛けて脅す。

「や、やっぱり君が魔道具を使いこなす『第四の従者』だったんだな。先代のヘパイトスと同じく、人間を裏切るつもりなのか？」

王太子が震えながら聞いてきた。

「先代が裏切った？」

「そうだ。先代の『道具』の従者ヘパイトスは人間を裏切り、魔王の一人を妻にしたんだ。そのことを責めた先代勇者と従者を裏切って、いずこへともなく消えた」

王太子は悔しそうに先代勇者の秘話を告げると、姿勢を改めた。

「……しかし、『道具』の従者がいないと魔王や魔神と戦う上で不利になるのも事実だ。我々に協力してほしい」

「嫌ですね」

俺はあっさりと首を振った。

「なぜだ！」

「第一に、俺はこの学園でいじめられて人間嫌いになりました。人間を救いたいと思いません。第二に利益が無いことに命をかけるのは嫌だからです」

俺は言いたいことを一気に言ってやると、王太子は渋い顔になった。

「君をいじめた者には相応の罰を下そう。処刑すれば協力してくれるのか？」

「だったらアレス王子もお願いしますよ」

思わず俺がつぶやくと、部屋の中にいた者たちがざわめいた。

「……どういうことだ？」

「さあ。自分で調べてくださいよ。俺が何言ったって信じないでしょ？」

俺が思い切り嘲笑ってやると、王太子は憮然とした。

「……どうやら、君に王家への敬意はないようだな」

「当たり前ですよ。話は終わったみたいだから、帰らせてもらえませんかね」

俺はチラチラと壷を見せつけながら立ち上がった。

「あ、俺やパンドラに危害を加えようとしても無駄です。この封神壷は俺の魔力を込めないとすぐに効力を失いますから。まあ魔王が学園内で暴れてもいいというなら、どうぞお好きに。俺がいないと二度と封印できませんけどね」

俺は立ち上がって、堂々と部屋を出て行く。

引きつった顔をしたお偉方が俺を見送っていた。

※　※　※

私の名前はパンドラ。玉の従者に選ばれたが、魔王と戦うかどうかは保留している。それというのも、私のパートナーであるノアの意思がはっきりしないからである。

どうやら周囲は必死になって彼を説得しているらしいが、無駄だと思う。散々無能だと罵られた彼が、今さら人間のために戦う気になれるはずがない。

だからって別にどうでもいい。私はノアについていくだけなのだから。

回復の木の下で本を読んでいると、彼の周りを飛び回っているうるさいハエみたいな女たちがやってきた。

「パンドラ。ちょっと話があるの」

話しかけて来たのは、黄色い髪をした騒がしい少女アルテミス。一応ノアの義妹。

「私からも頼む。ノアを説得して私たちに協力してほしい」

そう頭を下げたのは、青髪の男っぽい少女アテナ。ノアの姉代わりの幼馴染。でも、彼女たちはノアが聖具と契約できなくて苦しんでいた時には、あっさり見捨てたんだ。

正直、二人には怒りと嫉妬を感じる。なんでこんな奴らが幼い頃からノアのそばにいたんだろう。彼の家族にふさわしいのは私なのに。

まあいいか。どうせこいつらは過去の女。ノアの未来は私と共にあるのだから。

勝手なことを言う女たちに気分が悪くなった私は、無言で立ち去ろうとした。

「待って！　最近ではお兄ちゃん、話もしてくれないの。家にも帰ってこないし」

アルテミスが泣き顔になる。

「頼む。彼を私たちに協力させてくれ」

アテナが私の腕をつかんできた。

「離して。私にできることはない」

「そんなことはない。今のノアが心を開いているのは、君だけだ。君さえ説得してくれればきっと仲間になってくれる」

アテナがそう言ってきたので、私は睨み付けてやった。

「……そうなったのは誰のせい？　元々、ノアはあなたたちのものだった。私なんかよりはるかに付き合いの長いあなたたちに心を開いていた。そんな彼の心を傷つけたのは誰？」

私はアテナの腕を振り払うと、二人は気まずそうな顔をして下を向いた。

「だ、だけど……お兄ちゃんは無能だったし……友達も馬鹿にしていたし……」

「なら、その無能の力が必要になったからって、みっともなく執着するあなたたちはもっと馬鹿にされるべき」

私は何か言い訳をし始めたアルテミスを斬り捨てる。

「わ、私たちがひどい態度を取っていたのは認める。いくらでも謝罪しよう。だけど、彼の力が最初からわかっていたら、私たちだって……」

「つまり、彼が無能だったら今現在も馬鹿にし続けているということ。そんな人間がどうして信頼されると思う？」

私はアテナの手のひら返しを責める。沈黙した二人に、私はさらに指摘してやった。

「決定的な事は、あの地震の時にノアを助けに行かなかったこと。彼の命すら軽視する女に、近づく資格はない」

「そ、それは……洞窟に入ると危ないと思って」

「あのときは王子の言うことが正しいと思ったんだ」

「それは単なる言い訳。所詮あなたたちの想いはその程度。都合のいいときだけ彼を利用しようとする冷たい女」

事実を指摘されて追い詰められた二人は、とうとう話を逸らして私を批判し始めた。

「き、君だってノアを利用しているじゃないか。知っているぞ。君はノアから精気を吸い取っているんだってな」

「そ、そうよ。お兄ちゃんを返してよ。捕食対象としか考えていない女と一緒にいるより、私たちのほうが……」

私はムカついたので、玉を掲げて魔法を放つ準備をした。ひきつった顔になる二人に、静かに諭してやる。

「……確かに、私がノアに近づいたのは捕食が目的。それはこれからも一生変わらない」

「だったら！」

叫びそうになるアルテミスに対して、玉を掲げて威嚇する。

「それでも、あなた達と私では決定的に違うことがある」

「違うこと？　それは何だ？」

アテナが不愉快そうに言ってくるので、私はその違いを明確に指摘してやった。

「私はノアと一緒に幸せになろうと思っている。彼とえっちして、子供を産んで一生を共にしようと決めている」

私はお腹を突き出して、堂々と宣言してやった。

「え、えっちって……」

「こ、子供？　なんてハレンチな……」

二人が顔を真っ赤にするが、私はかまわず畳み掛けた。

「あなた達にそんな覚悟があるの？　無いなら黙っていてほしい。ノアを利用しようとするだけの我侭な小姑は、共に生きようとする嫁の前では無力。呆れられて捨てられるだけ」

私はそういうと、立ち尽くしている二人を置いてノアの下に向かった。

※　※　※

「アポロ！　まだあの平民どもを従わせられんのか！」

私は玉座に座る父王から怒声を浴びせられてしまった。

「申し訳ありません。盾と杖の従者は協力的なのですが、玉の従者は『道具』の従者に従うといって態度を決めかねております」

「ならば、さっさと『道具』とやらを引きずってこい」

父であるアトラス王は私に命令する。簡単なことを言ってくれる。彼は魔王を封印した壷を持っているのに。

「ですが……以前ご報告したとおり、彼は魔王を封印しています。下手に刺激すると、何をされるかわかりません」

「それを何とかするのがお前の役目だろうが。役立たずが！」

ワインが入ったグラスが投げつけられ、私の額から血が流れる。

その時、私の隣に並んでいる少年が声を上げた。

「兄上を責めないでください。彼と友誼を結べなかった私が悪いのです」

殊勝に頭を下げるのは、弟であり勇者であるアレス。いかにも反省した風を装っているが、私は彼が言っていることが真実だと知っている。『道具』に近しい少女を従者として手に入れるため、わざと貴族に命令して彼をいじめさせたことは調査の結果わかった。

それを知った時、これでアレスを追い落とせるかもしれないと喜んだものだ。だが、事実を父に報告したにもかかわらず、奴に何の処罰も与えられることはなかった。

「おお。アレスよ。気にせずともよいぞ。お前は勇者として民の上に立つ者だ。下賤な者に媚びる必要などない」

父は猫なで声を出してアレスを甘やかす。以前から弟に甘い所はあったが、彼が勇者に選ばれてますます可愛がるようになった。私は怒りを感じるが、我慢して父に奏上する。

「陛下。記録に残っているとおり、彼は魔道具を使いこなし、魔王を封印できる唯一の存在です。ここはアレスに謝罪させ、それなりの待遇を示して誠意を見せるべきでは？」

「黙れ！　王子で今代の勇者のアレスが軽々しく頭を下げられるか！　権威が保てぬわ！」

私の提案に返ってきたのは罵声だった。隣でアレスが笑う気配を感じる。

まったく、父も弟も現実というものがわかっていない。王太子である私ならともかく、たかが第二王子程度の頭を下げさせたところで王家の権威が傷つくわけがないのに。

「では、どうすれば？　いくら我々が権力を振りかざしても、彼は従おうとしませんよ」

「うむ……」

具体的な指示を求められると黙り込む。本当に無能だな。

その時、隣のアレスが提案してきた。

「あいつが魔王を封印しているというのは嘘です。僕はこの剣で魔王を切り刻みました」

「本当か？」

それを聞いた父の目に希望がともる。

「あんなやつの力なんて借りなくても、僕と二人の従者だけで魔王を倒して見せますよ」

アレスは自信満々に言い放った。バカだな。問題の本質がわかってないのか。魔王は倒せない。封印するしかないのだ。

「お待ちください陛下！　先代の勇者ですら魔王を完全に倒せず、封印するしか方法がありませんでした。やはり彼に協力してもらう必要があるのでは？」

「それは、先代の勇者が未熟だっただけです」

アレスは堂々と大言壮語を吐く。魔王ポセイドンを倒して自信を持ったのか、最近の奴はますます傲慢になった気がする。

「この聖剣アロンダイトに誓って、僕は世界を救って見せましょう」

剣を振りかざして宣言する。たしかに剣からはすさまじい魔力が発せられていた。

「おお。なんと頼もしい。さすがワシの息子じゃ」

「これで我が国も安泰ですな」

父は喜び、宰相をはじめとする廷臣たちはへつらう。

私はこの三文芝居に付き合う気になれず、引き下がる。こいつが死ぬのは万々歳とはいえ、魔王と魔神を倒してからにしてほしいものだが。

「そんなお前を見込んで、頼みがある」

父が鈴を鳴らすと、やたらと金の装飾品を身につけた太った男とその息子らしい袋を持った少年がやってくる。彼らは卑屈に頭をさげていた。

「おそれながら勇者様にお願いいたします。私どもは東の『サド島』を拝領させていただているオケサー伯爵でございます」

私は進み出た貴族のことを思い出す。たしか金山を所有している裕福な家だったな。

「僕に頼みとは？」

「は、はい。島の港町の郊外には金山があるのですが、そこから魔物の群れが出てきて、町を襲ったのです」

威張るアレスに対して、オケサー伯爵はペコペコと頭を下げながら話を続けた。

「港町は魔物に包囲されてしまいました。私たちは助けを 求めるために船で脱出してきたのですが、罪もない町の者たちが取り残されております」

領地を拝領している貴族が、民を守りもせずに真っ先に逃げ出したのか。貴族法に照らして改易だな。ちょうどいい。これでこいつらの財産を乗っ取れる。

私がそう思っていると、先手を打ってきた。

「申し訳ありません。私どもの力が足りず。何卒勇者様のお力で、町をお救いください」

オケサー伯爵は袋から、いくつかの金の延べ棒を取り出して国王に差し出した。

「町の者が取り残されているのに、財産は持って逃げる余裕はあるようだな」

私は思わず皮肉を言ってしまう。そんな程度でごまかせると思っているのか？

しかし、父に対しては有効だったようで、うれしそうに金の延べ棒を受け取っていた。

「父上、魔物が出てくる金山とは、そこに魔王が封印されているのかもしれません」

さらにアレスが余計なことをいってしまう。

「うむ。魔王討伐は勇者の役目。従者と共に赴き、民を救うのじゃ！」

「はっ！　かしこまりました」

アレスは満面の笑みで勅令を受けとった。

「アポロ。お前は指揮下の騎士団を率いて、アレスに協力して魔物を討伐せよ」

「大将軍の職権を持ちまして、再考を具申いたします」

私は命令を拒否してやった。意味のない戦いに貴重な部下を連れて行って、無駄死にさせるつもりはない。配下が死んだら、私の立場が悪くなるからな。

「なぜじゃ？　ワシに逆らう気か！」

父は額に血管を浮かべて怒り出す。こんなに短気なのに国が保てているのは、平和だった証拠だ。だが、これからはそうではなくなる。敵は魔族だけではないのだ。

「申し上げます。先代の勇者が魔王を封印した場所ははっきりわかっておりませぬ。他国ならよいですが、我が国内で魔王に暴れられますと、その混乱に乗じて他国に攻められる可能性があります。その備えのために、騎士団は王の元に残しておく必要があります」

そう、わが国は周辺諸国に狙われている。魔王だけにかまっていられないのだ。

「う、うむ……一理ある」

このバカ、そのことを考えてなかったんだな。私が指摘すると急にびびった顔になりやがった。仕方ないか。可愛がっていた息子が勇者になったというだけで舞いあがって、問題が全部解決した気になっている無能だもんな。

「じゃが、アレスにつけてやる軍勢をどうしようかのう。さすがに勇者と従者だけで行かせるわけにはいかんのでな」

「父上！　でしたら魔法学園の私の友達を連れて行きます。彼らは勇猛で私に忠実な者たちばかり。きっと魔王を倒すのに協力してくれるでしょう」

またアレスがバカなことを言い出した。訓練も未熟で実戦経験もない学生を連れて行ってどうするんだよ。ピクニックじゃないんだぞ。

まあいいか。どうせ平民や貴族といっても次男三男の余り者が多いし、失敗してもアレスが恥をかくだけだしな。むしろそっちの方が私には都合がいいか。

「よし。勇者アレスに騎士団長の資格を与えて、新たな騎士団の結成を認める」

「はっ！」

アレスは嬉しそうに一礼する。私はアレスが失敗するように願いながら、道具の従者をどう説得するか考えていた。

9話　無謀な戦い

魔法学園で志願者を集めたアレス王子とその一行は、船でサド島に向かっていた。

私は何をするでもなく、ただボーっとして船の先を見つめる。そこには木でできた鳥みたいな飾りがついていて、風に吹かれて右を向いたり左を向いたりしていた。何も考えてないみたいで、うらやましいな。

「アルテミスちゃん。どうしたの？」

私は名前を呼ばれて振り向く。そこには太ったおじさんが立っていた。

「ヘルメスおじさん……どうしてここにいるの？」

「当然だよ。この船は私の商会のものだからね。国から魔法学園の生徒を運ぶように仰せつかったんだ」

アドルフお父さんの親友だったヘルメスおじさんは、そう言って優しい笑顔を浮かべた。

「何か悩みごとがあるのかな？　相談してみなさい」

そう言われて、私はノアのことを話した。

「なるほど。ノアに拒絶されていると」

「どうすれば協力してくれるかな？」

まさかノアがあんな力を持っているとは思わなかった。無能なあいつが兄であることを友達にバカにされてしまったので、ついつい冷たくしてしまったんだけど、今から思い返すとちょっとだけ、そうほんのちょっとだけやりすぎだったかもしれない。

「なるほど……君たちの年代なら当然ありえることだね」

ヘルメスおじさんは私を座らせると、紅茶を出してくれた。

「人間なんて先はどうなるかわからないからね。特に成長期の男の子は、今まで燻《くすぶ》っていたのに何かのきっかけで化けることもある。だからこそ、馬鹿にして追い詰めたりしないほうがいい」

「お説教なんていいの。それより、どうやったらあいつを従わせることができるの？」

私は思わず癇癪を起こしてしまう。悔しいけど、無限に魔力を回復したり聖具を修復したりできるノアの力は必要だ。王子のためにも、なんとか協力させなくちゃ。

「まあ、戻ったら私がノアに話してみよう。彼は多少の能力が使えるといっても、まだまだ子供だ。大人の私に任せておきなさい」

おじさんはそういって、仕事に戻っていく。私はあてにせずに、ノアを懐柔する方法を考え続けた。

※　※　※

魔法学園の生徒たちを乗せた船は、サド島に到着する。ここは金山がある島で、その麓にある町はそれなりに大きかった。

「アテナ。いよいよだぞ。生徒を集めてくれ」

振り返ると、王子がニコニコと笑っていた。いつもながら凛々しい顔だ。女々しいノアなんかと違って、彼こそが真の勇者だと実感できる。

生徒たちが集められ、初めてこれが演習ではなく実戦だということが伝えられた。

「僕たちはサド島を魔物たちから守り、金山の奥にいるだろう魔王を再封印するんだ」

「おおっ！」

生徒たちから歓声があがる。ひるんだ者は一人もいなかったが、私は少し不安を感じていた。結局、ノアとパンドラはついて来てくれなかった。二人抜きで戦っても、魔王に勝てるだろうか？

あの二人のことを考えると胸がムカムカしてくる。私たちには世界を救う崇高な役目があるのに、つまらない事にこだわって協力しないとは。今度会ったら一発殴ってやろう。

船が陸に近づくと、港町の城壁の外に大勢の魔物が集まっているのが見える。私は頭を振って気分を切り替えると、大切な妹分に声をかけた。

「アルテミス。ノアは帰ってからとっちめてやろう。今は従者として魔族と戦うぞ」

「うん。アテナ姉さん。頑張る」

私とアルテミスが王子の両脇に立つと、彼は演説を始めた。

「ここに封印されている魔王が復活すると、さらに大勢の民が苦しむだろう。僕たちは勇者として、民を救わなければならない」

王子の言葉に私も頷く。ノアは私たちのことはともかく、どうして彼まで嫌っているのだろう。こんなに立派な勇者なのに。

私たちも彼を見習って、民を守る従者として恥ずかしくないように戦おう。

「アレス王子万歳！　いくぞ！　俺たちが世界を救うんだ」

王子の言葉に感動している生徒たちの前に、私は進み出た。

「こほん。副官を勤めるアテナだ。まず玉と契約した魔術師たちが船の上から地上に向けて魔法を放つ。それで町を取り囲んでいる魔物を駆除できるだろう」

私は事前に考えていた作戦を告げ、魔術師たちを甲板に立たせた。

陸では植物のような魔物たちが、町の城壁に取り付いている。

「撃て！」

王子の号令と共に、いっせいに様々な属性の魔法が飛び交い、緑色の蔦を一掃した。

「やった！　気持ちいい！」

遠くからの攻撃で、味方に一人の被害も出さずに魔物を倒した生徒たちから歓声が上がる。さすがは勇者だ。王子は指揮官としても有能だな。

「続いて、金山の制圧にかかる。みんな、この調子で魔王を倒すぞ！」

「おう！」

王子の檄で興奮した生徒たちは、上陸するやいなや走って金山に向かった。

あれ？　ちょっと待て。よく見ると属性など関係なしに仲の良い者同士で集まっているぞ。

授業で習った部隊編成とかはどうするんだ？

王子にそのことを聞くと、彼は笑って答えた。

「問題ないよアテナ。仲が良い者たちで組んだほうが連携が取れるだろう？」

そうなんだろうか？　まあ勇者が言うんだから間違いないか。

それがとんでもない間違いだったと気づくのは、洞窟に入ってからだった。


洞窟に入った生徒たちを待ち構えていたのは、魔物の集団だった。

「な。なんだ？」

いきなり出てきた緑色の人型をした植物に刺された先頭にいた生徒が、血を吐いて倒れる。ほかにも多くの魔物たちが奥から出てきた。

「ストーン！」

緑色の魔物の体に咲いた花から目のようなものが出て、盾の術者たちを睨みつける。

「ふん。『身体強化《シールド》』」

盾を持つ生徒たちは、互いに密集して体を強化する魔法をかけたが、花から放たれる光を浴びた瞬間石像となった。

「ば、バカ。何をやっている。状態異常には杖の術者が結界を張って！」

私の指示を聞いた杖の生徒があわてて出てくるが、緑色のモンスターから出た棘《とげ》だらけの蔓《つる》に襲いかかられる。

「きゃぁぁぁ！」

洞窟内に生徒たちの絶叫が飛び散った。

「魔法だ！　凍結魔法で動きを止めろ！」

後ろにいた玉の術者が冷気を噴きかけようとするが、彼らは戸惑った顔をした。

「こ、このまま魔法を放ったら、仲間まで巻き込まれてしまいます」

それを聞いた私もはっとなる。ここは狭い洞窟の中だった。くっ、なぜ私は洞窟に入る前に『魔法抵抗《レジスト》』を生徒たちにかけさせなかったんだ！

混乱しているところにモンスターがやってきて、何人もの生徒が絞め殺され、あるいは毒で殺されていった。

「なんだ！　何をやっている！　役立たずどもが！」

王子はさっきまでの余裕をかなぐり捨てて、ひたすら怒鳴りつつモンスターに立ち向かっている。

彼の持つ聖剣アロンダイトは確かに強い武器で、簡単に植物のモンスターを斬り倒すことができた。

しかし、生徒たちの持っている聖具のレプリカでは魔物をうまく退治できずに混乱が広がってしまう。

「王子、危険です。一人で行かないでください」

「そうです。私たちから離れないでください」

私たちは足手まといの生徒を見捨てて単独行動をとろうとする王子に声をかけるが、彼はかまわず奥に進んでいく。

「君たちのほうこそついてこい！　このまま魔王の所までいく。ボスを倒せば勝利だ」

王子は私たちの言葉に聞く耳を持たずに一人で先に進んでしまう。彼が切り開いた道は、あっという間に魔物によって塞がれていった。

やむを得ず私はアルテミスに生徒たちを治療させながら、まだ動ける生徒たちを指揮してモンスターと戦った。

「くそっ！　なんで勇者の力が沸いてこないんだ！　覚醒しろ眠っている僕の力よ！」

遠くから王子の声が聞こえてくるが、助けに行く余裕がない。

「いたっ！」

混乱の中で、私もアルテミスも蔓についている棘によって傷だらけになってしまう。これが実戦の痛みか。前回の洞窟のモンスターなど、ほんの雑魚に過ぎなかったんだな。

必死に戦っているうちに、どんどん自分の魔力が減っていく。他の生徒たちはとっくに魔力が切れて、無力になっており、彼らがもつ聖具のレプリカが次々と壊されていった。

「くっ……これ以上は戦えない。撤退だ」

まだ魔力が残っていて動ける生徒たちは、私とアルテミスが魔物を抑えている間に傷ついた生徒を洞窟の外に運び出す。

何人か死者は出たが、かろうじて大半の生徒は脱出できた。

「アレス王子は無事なのかな……？」

傷の痛みと回復魔法の使いすぎで、息も絶え絶えになりながらアルテミスは一人金山に残った王子を気遣う。

「ああ……無事だといいんだが」

本当は私も王子についていきたかったんだが、足手まといの生徒たちのせいでそれができなかった。くそっ！　パンドラさえいれば乱戦になるまえに攻撃魔法で雑魚を一掃できた。ノアさえいれば魔力切れで我々が傷つくこともなかったんだ。ついて来なかったあの二人が悪い！

そう思っていたら、傷だらけになった王子が洞窟から出てくる。彼がもつ聖剣アロンダイトは魔力を失ってボロボロだった。

「王子、魔王は倒しましたか？」

私が期待をこめて言うと、王子はこっちを睨んできた。

「なんで従者である君たちがついてこないんだよ！　あれからモンスターに囲まれて、死ぬかと思ったんだぞ！」

「……申し訳ありません」

私は従者としての役目を果たせなかったことを謝罪する。王子はそれでも心が静まらないようで、地面にへたり込んでいる生徒たちに向けて、怒りをぶちまけた。

「ついてきた以上、厳しい戦いになるのは覚悟の上だろ！　甘えるな！　僕の役に立たないなら死んでしまえ！」

王子はふいっと顔を背けて、町に戻っていく。それを聞いた生徒たちは役に立てなかった自分たちを恥じらった。

「……なんでこんなことに……」

「魔力さえ切れなければ……聖具さえ壊れなければもっと活躍できたのに」

王子に叱られた生徒たちは、しくしくと泣き始めた。

私は彼らを励ますために、この敗北の原因を伝える。

「気にするな。君たちが悪いんじゃない。この敗北の責任を取るべき者は他にいる」

「それは……？」

アルテミスが不安そうに聞いてきたので、私ははっきり言ってやった。

「すべてノアが悪い。あいつがついて来ていたら、私たちはもっと戦えたんだ」

「そうよ！　みんな聞いて！　ノアの力はね……」

アルテミスがノアの能力を説明すると、生徒たちは怒りに顔を歪ませた。

「ノアの力は魔力の無限回復だと！　どうして俺たちに協力しなかったんだ！」

「そうよ。あいつが全部悪いのよ！」

私たちの心はノアに対する憎悪で一つになるのだった。

※　　※　　※

傷つき疲れた「勇者騎士団」を乗せた船が、ブレイブキングダムの王都に戻ってくると聞いて、私は王太子として彼らを迎えた。

「アポロ王太子殿下。ただいま帰還いたしました。詳しい報告は後ほどさせていただきますが、魔王の再封印はかないませんでした。ご期待に背いて申し訳ございません」

アレスの従者だという青髪の少女が跪いて謝罪を述べる。彼女も全身に傷を負って血まみれでいるのに、必死に騎士としての体面を保とうとしていた。

「よい。楽にせよ。それでアレスは？」

「傷を負われたので、ご静養されています」

青髪の少女の顔にかすかに失望が浮かぶのを、私は見逃さなかった。

「そうか。それで被害は？」

「十名が死亡。十五名が金山から脱出できず行方不明。そして残りの全員が手傷を負い、現在枚の術者による治療が行われております」

青髪の少女は聞かれたことに的確に返答する。意外と有能だな。部下に欲しいくらいだ。

「それで、出現したモンスターの情報は？」

「報告書にまとめております」

傷を受けながらも、船内でそんなことまでしていたのか。何から何まで手際がいいな。もし私たちに討伐命令が下されても、この情報は役に立つだろう。

アレスと生徒たちは十分に捨石として役に立ってくれたな。欲を言えばアレスには死んでもらいたかったが。

「たしか、卿の名前はアテナといったな。アレスに代わってよく騎士団をまとめてくれた。それで聞くが、今回の敗因は？」

そう聞かれて、アテナは辛そうな顔になった
「はっ。一番の問題は、戦っているうちに我々の魔力が切れたことです。道具の従者であるノアがいたら、誰も死なずに済んだのですが……」

そうつぶやく盾の従者の目には、ノアへの憎悪があった。これはいい。何かに利用できるかもしれない。

「そうか……なるほどな。下がって治療を受けよ」

アテナを下がらせて、私は一人考える。

「やはり、『道具』の従者が必要なのか」

私は以前から、勇者と三人の従者の力だけで魔王はともかく魔族軍と戦えたはずはないと思っていた。所詮、個人の力は集団に劣る。どんなに力を持っていても、消耗させられればおしまいである。それに、武器とは使えば使うほどすり減っていくものである。何か魔力を回復したり武器を再生できる方法がなければ、軍隊と戦えるはずがない。

「奴を引き入れられれば、大きな力になる。アレスを掣肘《せいちゅう》することもできるだろう。だが……どうやって引っ張りだせばよいか……」

「私が説得いたしましょう」

太った男がやってきて、私の前に跪いた。

「お前は、たしか海上商人のヘルメスといったな」

「お名前を覚えていただき、光栄でございます」

太った男は跪いたまま答える。

「国と取引のある商人は、なるべく覚えるように心がけておる。将来私の力になるかもしれぬからな」

「もったいないお言葉でございます」

ヘルメスは顔を上げずに答える。

「それで、お前は大体の事情を知っておるようだが、ノアを引っ張り出せるのか？」

「絶対とはいえませんが、おそらくは。それなりの報酬を払う必要はありますが」

ヘルメスの声には自信があふれていた。

「それで、お前自身は何を望む」

「彼に関わるすべての利権を」

それを聞いて私はニヤリと笑う。勇者であるアレスの周りには大勢の貴族や商人が擦り寄ってきていて、勇者に便宜をはかるという名目で彼らに様々な利権を握られつつあったが、それに対抗する気がある奴は取り込める。

「なるほど。面白いやつだ。私の立場や望みを理解しているようだな」

「王太子殿下はご賢明でいらっしゃいます」

ヘルメスは初めて顔を上げて笑った。

「いいだろう。利で誘うもよし。情に訴えかけるもよし。お前に任せよう。成功したら、彼に関わる利権はすべてお前のものだ」

私は二人も利用できそうな人材を見つけて、気分よく笑うのだった。

10話　子供は社会の厳しさを知る

俺とパンドラは、この国から出ていく資金を稼ぐため、商業街に来ていた。

「ノア、何を売ろうか？」

「いろいろ考えたんだけど、まあ最初は小物からだな」

俺はそういって、無限に収納できるパンドラの箱から商品サンプルをとりだす。それは先端に水晶がはめ込まれた筒のようなものだった。

「これは何？」

「ランプみたいなものだ。光の魔力がこめられていて、明かりを灯すことができる」

俺はそういいながら筒の底に付いているスイッチを押すと、先端に取り付けられている光の魔石が輝いた。

「すごい。これなら洞窟を探索する冒険者に売れると思う」

「そうだろ？　兜に取り付けて両手が自由になるバージョンも開発しているんだ」

俺は光の魔石を取り付けてある兜を取り出す。これなら両手が自由になるから冒険の妨げになることはないだろう。

意気込んで冒険者ギルドに行ったのだが、受付嬢は難しい顔をして考え込んだ。

「……これは確かにすばらしい発明品だと思われます。ですが、取り扱うとなると、マスターの許可が必要になります」

「なら、ギルドマスターに会わせてください」

俺はそう頼み込んだが、受付嬢は首を振った。

「紹介状がない方には会わせることはできません。それに貴方たちはただの学生ですよね。これ一つだけ買い取るなら話は別ですが、商品として恒常的に取引するには商業ギルドの許可がなければ無理です」

受付嬢の言うことは正論だった。王都の商売は商業ギルドが支配していて、勝手に商売はできないみたいだ。

俺たちはあきらめて、商業ギルドに向かった。

「ほう……面白いものではありますな」

商業ギルドの受付職員はそういいながら、俺か出した光筒をしげしげと眺める。

「これはいいものでしょう？　売れると思いますよ。なので、商会設立の許可をお願いします」

「……残念ですが、あなたはまだ学生ですよね。どこかの貴族の後ろ盾があるとか、どこか信用のある商会の推薦などがない限り、ギルドの会員にはなれません」

職員に言われて、俺は言葉を失う。

「そんな！　せっかく役に立つ発明品を持ってきたのに！」

「それは認めます。ですが、ギルドは互いの利害を調整する役目を持った組織なのです。この発明は、たいまつやランプを取り扱っている業者を失業させるでしょう。彼らにも生活があるのです」

「そんなことを言っていたら、何もできないじゃないか！」

　俺は思わず声を荒らげるが、職員は冷静だった。

「ええ。ですから新しい商品が出たときは、既存の業者と揉めないようにギルドが仲介に入って、まず彼らに卸しをして販売業者になってもらっているのですよ。その為には会員になってもらわねば。それから売り上げの中からかなりの割合を支払わなければならないでしょうね。あなたに後ろ盾がいれば、そう搾取されないで済むのですが」

　そう言われて、俺は頭を抱える。そんな当てはどこにもなかった。

「さらに、出資金として一千万マリスを払っていただきます」

　そう言われて、俺はあきらめた。

「なら、もういいです！」

　パンドラの手を引いて、俺は商業ギルドから出る。

「ノア、これからどうするの？」

　彼女の顔にも不安が表われていた
「……しかたない。ギルドに入ろうとしても出資金も払えない状況じゃ何もできないよ。元手が貯まるまで、個人的に売るとしよう」

そう思った俺は、冒険者に売ることにした。夕方になり、冒険者が王都の外から帰ってくるころを見計らって、パンドラに売り子をしてもらう。

「光筒を買ってください。光筒はいかかですか？」

そう呼びかけるパンドラはいかにも庇護欲を誘いそうな可憐な美少女で、あっという間に人が集まってくる。

「へえ……可愛いなぁ。何売っているんだ？」

「暗いところを照らす光筒です。探検に便利ですよ」

パンドラが筒に光を灯すと、冒険者から驚きの声が上がった。

「なんだこれ！　明るいぞ？」

「この兜をかぶっていれば、両手が自由になる！　たいまつがいらないぞ！　いくらなんだ？　ぜひ売ってくれ」

「光筒は五万マリス、光の兜は十万マリスです」

かなり強気の価格設定だったが、冒険者たちは納得してくれた。

「俺にもくれ！」

俺の思惑通り、用意した品あっという間に売り切れてしまった。

「うまくいった」

「パンドラのおかげだよ。あのおっさんたち、お前に見とれていたぞ」

俺とパンドラがホクホクしながら帰り道を歩いていると、いきなり騎士が前をふさいだ。

「お前たち、大人しくしろ！　闇商売の罪で逮捕する！」

「え？」

いつの間にか、後ろも騎士たちに包囲されていて逃げられなくなる。俺とパンドラは騎士たちに捕まって、詰所に連れていかれてしまうのだった。

※　※　※

「だから、個人的に売っていただけですって」

「いいや。お前が堂々と路上で商売していたと冒険者ギルドと商業ギルドから通報があった。明白な犯罪行為だ」

騎士から決め付けられて、俺は落ちこむ。

「……くそっ。こんなちょっとしたことでも見逃してくれないのかよ」

「当然だ。ギルドは商人からの徴税も国から委託されておる。勝手に商売されて脱税されてはかなわんからな。子供の我侭は通用しないぞ」

俺を捕らえた騎士は、面白そうに笑っていた。

「まあ、初犯だから売り上げ没収で勘弁してやる。いい社会勉強になっただろう。次はもっとうまくやるんだな」

結局、俺たちが稼いだ金は全部騎士たちに取り上げられてしまった。

「ふふっ。礼を言うぜ。これで当分酒代には困らねえ」

騎士たちは笑って俺とパンドラを追い出した。

「ノア、大丈夫？」

パンドラは慰めてくれるが、俺は社会という強固な壁にぶち当たり、自分の無力さについて絶望していた。結局の所、冒険者ギルドも商業ギルドも騎士たちも全員結託していて、彼らが決めたルールから逸脱する者に対しては容赦しないらしい。

「帰るか……」

俺とパンドラは苦い思いをかみ締めながら教会に帰るのだった。

※　※　※

「あちっ！」

台所からパンドラの叫び声が聞こえてくる。

「ノア、スープってどうやって作るの？」

しゅんとした顔で、何かドロドロに溶けている物体を差し出すパンドラ。どうやらずっと教会の奥で育てられていたせいで、家事のやり方がわからないようだった。

まあ、パンドラの作ったものなら何でも食べられるんだけどね。それに俺も人のことは言えない。今までアルテミスが家事の殆どをやってくれていたので、俺もどうやって持ってきた荷物を整理していいかわからず、部屋の中はぐちゃぐちゃだった。

その時、教会のドアがノックされる。やってきたのはヘルメスだった。

「ヘルメス？」

「パンドラお嬢さん。久しぶりだね。ノアと仲良くしているみたいで、結構なことだ」

ヘルメスはニヤニヤしながら入ってくる。

「パンドラはヘルメスと知り合いなのか？」

「ババアの取引先。胡散臭い人」

「ご挨拶だな……ん？」

ヘルメスは家に入ってくるなり、散らかった部屋を見て苦笑する。

「何をしているんだい？」

「ノアと二人で愛の逃避行をするために、荷物を整理しているの」

パンドラは頬を染めて言う。ヘルメスは逃避行と聞いて、ちょっと困った顔をした。

「愛の逃避行か……若いな。でも、生活はどうするんだい？」

「大丈夫。いざとなったらババアに頼るから」

前から思っているけど、ババアって誰だろう？

それを聞いたヘルメスは、苦笑してパンドラを諭してきた。

「彼の価値を知ったゼウス様や他のシスターが、無条件に力を貸してくれるかい？　もしかしたら死ぬまで精を搾り取られるかもしれないよ」

「あっ」

パンドラはなぜか動揺する。なんか不穏なことを話していませんか？

「まあゆっくりと話をしよう。君たちとっては人生を左右する選択になるのかもしれないからね」

パンドラが落ち込んでいるので、俺は台所に行って竈に火をおこし、お茶を入れる。まず家事が楽になるような魔道具の作成から始めるべきだな。

ヘルメスは紅茶をゆっくりと飲むと、話を切り出した。

「逃避行と言ったが、どうしてこの国から逃げるんだい？」

「この国は腐りきっているからだよ。二人で他の国へ行って幸せに暮らすんだ」

俺は嫉妬した従者が父を暗殺したことや、自分が生贄にされかけたことを話した。

「なるほど。確かにこんな国にはいたくないだろう」

ヘルメスは同情するような顔をしているが、お前も同罪だからな。父に封神壷を持って来なければ、こんなことにならなかったんだ。

「で、これからの生活はどうするんだね？」

「あんたの知ったことじゃないさ」

俺が冷たく突き放すと、ヘルメスは哀れむように笑う。

「魔道具を売る商売をするつもりなのだろう。君の『道具』の力を使ってな。甘い甘い。世間を知らない子供の考えそうなことだ」

ヘルメスがバカにしてくるので、俺はカッとなった。

「あんたに関係ないだろう。だいたいなんで俺のことを知っているんだ」

「ふふふ。私は商業ギルドの中でも顔役の一人なのさ。君がルールを乱したので、少しお仕置きしてやったのさ」

「あんたの仕業だったのか！」

俺は思わずヘルメスに掴みかかろうとするが、パンドラに止められた。

「ノア。怒っても仕方ない。それで何しに来たの？　私たちを馬鹿にしにきたの？」

パンドラに睨み付けられると、ヘルメスは狡猾な笑みを浮かべた。

「君たちを説得しに来たのさ。悪いことは言わない。従者として王子に協力したまえ」

「嫌だね！　今更どの面さげてそんなことを言うんだ」

俺は一蹴するが、パンドラは冷静に聞き返した。

「……見返りは？」

「私がギルドに口を利いてあげよう。それで自由に商売できるぞ。出資金も免除してあげよう」

ヘルメスは恩着せがましく言ってきた。

「ふざけるな！」

「別にふざけてはいない。何の後ろ盾もないのに、君たちだけでどう生きていくつもりかね？　国に反抗していたら、役人にも商人にもなれないよ」

「くっ……なら別の国に行くだけさ」

俺はなんとか言い返すが、ヘルメスは薄笑いして首を振った。

「君は魔王が入った壷を持っているそうだね。ブレイブキングダムからすぐに手配されて、一生追い回されるだろう」

確かに。悔しいがヘルメスの言うことは正しい。

「わかったかね。君の意気込みは買うが、子供にできることは何も無いのさ。まあ、ゆっくりと考えてみたまえ。君が素直になれば、こっちも協力させてもらうよ」

ヘルメスはそういい置いて、帰っていった。

※　※　※

俺たちは家の中で、これからのことを話し合っていた。

「悔しいけど、今の俺は国や社会といった大きなシステムに対抗できないみたいだ」

「ノア。大丈夫。私がついている」

パンドラは慰めてくれるが、俺は冷静に現実のことを考えてみた。

まず、父が残した金はあと数百万マリスしかない。働くにしても、国が本気になって邪魔してきたらどこも雇ってくれないだろう。

魔道具を売ることもできない。今の俺たちでは商業ギルドに捻りつぶされてしまう。反抗してもだとすれば、俺はどうすべきか？　そのシステムに逆らわず、その内部で自分の立場を強化して
『社会』という強固に完成されたシステムにはかないそうになかった。

影響力を強くしていくしかない。

「パンドラ。ここは素直に負けを認めて、力を蓄えよう。幸いなことに俺たちの能力は代わりがいないから、奴らも無下には扱えないだろう」

「……ノアがそういうならいいけど、負けたままでいいの？」

パンドラが心配そうに言うが、俺は笑って首を振った。

「冗談じゃない。この仕返しはしてやるさ。俺の力が必要なら、払うもの払えと要求してな。今に見ていろ」

「さすがノア。その意気。私も協力する」

パンドラは俺を応援してくれる。

「ああ、いつか俺たちを排除した奴ら、全員俺の配下にしてやろう」

こうして、俺は黒幕への一歩を踏み出した。

11話　黒幕への道

「さて。『社会』を支配するには、まずは味方を増やさないとどうにもならないな」

そう思った俺は、生徒たちが入院している治療院に向かった。

「今更何しに来たの？」

ベッドに横になっているアルテミスが睨み付けてくる。

「お前が来なかったせいで、多くの生徒たちが死んだ、どう責任とる気だ？」

隣のベッドに寝ていたアテナは、そういって俺に責任を押し付けてきた。

「そうだそうだ！　俺たちに謝れ！」

彼女たちに同調し、生徒たちも野次を飛ばしてくる。

相変わらず勝手な奴らだな。こんな奴らを手下にしないといけないとは情けないが、今のところ他に候補もいないので我慢するか。

俺は息を吸いこむと、奴らを怒鳴りつけた。

「黙れ！　甘ったれるな」

俺は威圧をこめて言い放つ。騒いでいた生徒たちは静かになった。

「そんな簡単にお前たちに協力する気になるわけないだろう。俺が学園でなんて呼ばれていたか、思い出してみろ」

生徒たちを見渡して告げると、殆どの生徒が気まずそうに下を向いた。俺をいじめてバカにしていたという自覚はあるんだな。

「生徒たちが死んだのは、王子のせいだ。俺が協力する気にもなってないのに、勝手にお前たちを連れて実戦に出て行った。魔力回復と武器修復を担う『第四の従者』である俺がいなくて、何ができるつもりだったんだ」

俺が生徒たちを睨みつけると、半分くらいの生徒は頷いた。

「そんな態度を取り続けるなら、俺は永遠に協力しないぞ。そうなったらこの国は魔王に蹂躙されて、お前たちの家族も皆殺しにされるだろうな」

そう脅しつけると、生徒たちは困った顔をした。

「そ、そんな……頼むよノア。見捨てないでくれ」

「今までごめん。俺たちが悪かった。このとおりだ」

ようやく俺がいないと戦えないと理解したのか、何人かの生徒たちが頭を下げてくる。

俺はそいつらに近づいて、そっと手を触れた。

「な、なんだ。あったかい。力がみなぎっていく」

生徒たちの体に生気が戻り、壊れていた聖具のレプリカも元に戻っていく。

「正直、お前たちにも王子にも言いたいことはある。だが、魔族の脅威が迫っているのも事実だ。だから恨みは腹に呑み込んで、協力してやる。ただし、これからのお前たちの態度次第だぞ」

俺がそう言うと、生徒たちは黙り込んだ。

「それで、お前たちはどうするんだ?」

俺はアテナとアルテミスに聞くが、悔しそうに唇を噛んだままで無言だった。

「別にいいさ。俺に謝ることも従うこともできない仲間なんていらないしな。その壊れた聖具とボロボロの体でこれからも魔王と戦うがいいさ」

俺が背を向けると、慌てて二人は謝ってきた。

「ごめん……なさい」

「頼む。今までの無礼を許してくれ」

頭を下げているが、口元はピクピクと蠢いていた。

(まだ反省してないな。まあいいか。これからこいつらもこき使ってやろう)

俺はそう思いながら二人の魔力を回復させ、盾と杖のオリジナル聖具も修復してやる。

生徒たちに第四の従者の重要性をたっぷりと教え込んだ後、俺は王子の元に向かった。

※　※　※

アレス王子に用意された特別室は豪華で、最高の治療術士がついている。王子はふてくされたようにベッドに横になっていた。

「王子、ご機嫌いかかですか？」

ちょっと笑ってやったら、王子は怒りの表情を浮かべた。

「無能のノア、いまさら何をしにきた！」

「あなたに協力しに来たんですよ」

俺はそう言いながら、壁に掛けてあった聖剣アロンダイトに魔力を注入する。ボロボロだった剣は瞬く間に修復され、元の輝きを取り戻した。

訳がわからないという顔をする王子に問いかける。

「不良たちに聞きました。アルテミスとアテナを手に入れるために、王子が私をいじめるように強要していたとか」

俺の視線を受けて、王子の顔が強張った。

「なんのことだ！　妙な言いがかりをやめろ！」

「もちろん言いがかりでしょう。仮にも勇者様がそんなことをするはずがないですよね。なぜかタイミングよく王子が現れて助けてくれましたけど、偶然ですよね。あの時俺は麻痺魔法をかけられて動けなかったので、王子に感謝していますよ」

俺が皮肉を言うと、王子は嫌な顔をした。

「さらに聞きたいことがあります。海魔王ポセイドンを封印した、私の父は前従者たちに殺されたと聞きました。それには王子は関わっているのですか？」

「ちがう！　そっちは僕は無実だ。あれは先代の従者たちが勝手にやったんだ」

「つまり、国は知っていて前従者を罪に問わなかったと」

俺が睨みつけると、王子は怯えた顔になった。

「私をいじめ、父を殺した国に協力する義理はないですな。むしろ滅ぼしてやりたいぐらいです。幸いなことに、王子は無力な状態で私の目の前にいることですし」

俺は王子の体にそっと手を触れると、魔力を吸い取り始めた。

「や、やめろ！　俺は王子だぞ！　勇者だぞ！」

「だからやっているのですよ」

王子の体がどんどんしぼんでいって、ミイラのようになる。

「お、お願いだ！　助けてくれ！」

「王子、反省されましたかな？」

「反省する！　僕が悪かった！」

王子は目に涙を浮かべて頭を下げた。

「……まあいいでしょう。ここであなたを殺してしまうのは簡単だけど、これから利用できなくなりますからね」

魔力吸収をやめて、死なない程度に魔力を注入する。ミイラのようだった王子は、元の姿を取り戻した。

しばらく荒い息をついていたアレスは、俺を睨み付けてくる。

「お前はいったい何が望みなんだ？」

「勇者一行として戦うことで得られる利益のすべてを。名誉は王子に進呈します」

俺がそう言うと、王子は軽蔑したような目を向けてきた。

「金が望みか。下賤な平民に相応しいな」

「金だけではないですよ。地位と実権も領地も欲しいですな。ですが、王子にとっても悪い話ではないでしょう？　俺が協力することで、あなたは真の勇者になれて、魔神を倒せば次の王位はあなたのものになるのですから。くっくっく……」

俺の言葉に、王子は考え込む。しばらくして、搾り出すような声を上げた。

「そんなことを言って、裏切るつもりじゃないだろうな」

「王子が裏切らない限り、私が裏切ることはないと約束いたしましょう」

俺と王子の視線が交差する。先に目を逸らしたのは王子のほうだった。

「わかった。金など好きなだけくれてやる」

王子はそういって、背を向ける。こうして、俺は勇者との交渉を終えたのだった。

12話　大人の交渉術

それから数日後、俺とパンドラはヘルメスに連れられて王城に来ていた。

俺たちを迎えたアポロ王太子に対して、ヘルメスは卑屈に頭を下げる。

「王太子様のご命令どおり、ノアとパンドラを連れてまいりました」

「ご苦労」

王太子はヘルメスに声を掛けると、俺達を執務室に招いた。

「久しぶりだね。『道具』の従者、ノア君。ここに来てくれたということは、協力してくれるということかな？」

いかにも好青年を装っているが、俺を利用しようとする思惑が透けて見えているな。

それならこっちも遠慮なく要求を伝えよう。

「条件によりますね」

「いいだろう。話してみたまえ。それで、君は何を望む？」

「金と安全を」

俺は自分が欲しい物を告げた。王太子は馬鹿にもせず、真剣な目で見つめてくる。

「金とは、どの程度？」

「俺とパンドラが一生好きなことをして暮らしていける程度は必要です」

俺の言葉に王太子は考え込むが、すぐに頷いた。

「わかった。魔王を再封印し、魔神を撃退した暁には、五億マリスを用意しよう。そして安全ということで、上級貴族街に屋敷を用意しよう」

一般庶民のレベルなら充分な報酬なんだけど、その程度でこき使われる気にはならないんだよな。

「五億マリスは契約金として先払いで。あと屋敷はいらないから、領地をください」

俺の言葉を聞いた王太子は、渋い顔をした。

「金はともかく、領地とはな。貴族位では駄目か？　領地を持たない法衣貴族なら充分な年金が支給されるのだが」

王太子の言葉に、俺は首を振った。

「そんなもの、王の権力の前では何の意味も無いですよ。いつ反故にされるかと思って安心して暮らせませんから」

「そこまで王家に不信感を持っているのか……アレスは勇者だが所詮は第二王子にすぎん。奴が君に危害を加えようとしたら、私が抑えると約束しても駄目か？」

それじゃ安心できないんだよ。だってアレス王子が勇者として世界を救ったら、アンタの地位も危ないだろ。

「駄目ですね。信用できません。自前の領地に篭って、王が変なことを仕掛けてきたら対抗できるぐらいじゃないと安心できませんから」

俺の言葉を聞いた王太子は、怖い顔で睨み付けてきた。

「そこまで大言を吐くということは、魔王を倒せるのだろうな」

「絶対とは言えませんが、ご期待に沿えるように努力したいと思います」

そう言われた王太子は考え込む。

「……わかった。いいだろう。ただし自分の領地は自分で切り取ってもらうぞ」

王太子はニヤッと笑うと、俺に無理難題を押し付けてきた。

「アレスの敗北後、サド島の町は魔物たちに滅ぼされたらしい。君がサド島の魔物を退治し、魔王を再封印できたら領地として渡そう。ただし、軍隊は動かせん。君たちだけでやってもらおう」

「なんでそんな無茶なことを言うんですか？」

俺が口を尖らせると、王太子は肩をすくめた。

「仕方ないだろう。今の所、国の上層部で君の力を信じているのは私だけだ。君の有用性が明らかになっていなければ、支援などできはしない。まして君の過大な要求を受け入れることもな。これが最大限の譲歩だ。これ以上は譲らん」

王太子の態度を見て、俺はこれ以上の交渉は無意味だと悟った。

「……ちょっと聞きたいことがある」

その時、今まで黙っていたパンドラが口を開いた。

「なんだ？」

「自発的に参加を申し出る人たちがいたら、協力してもらってもいい？」

それを聞いて、王太子は笑った。

「勇者アレスの無様な負けを見て、まだ戦おうとする者たちは頼もしい。そういう者がいたら、参加を認めよう。ただし、費用は自分持ちだ」

それを聞いて、パンドラは俺にささやく。

（受けて。これはある意味チャンス）

（でも……）

（金と兵士のあてはある。私のほうのコネでなんとかする）

それを聞いて、俺は頷いた。

「わかりました。微力を尽くしましょう」

王太子はほっとした顔をする。今までの内容を記入した王太子の密約書をもらって、俺たちは部屋を出た。

しばらく後、俺は玉座の前にいた。パンドラと一緒に跪き、頭を下げる。

傲慢そうなじいさんが、玉座に座り、偉そうに命令した。

「面をあげい。玉と道具の従者とやら」

俺達は顔を上げる。初めてみたアトラス王の顔は、ものすごく不機嫌そうだった。

「ワシの可愛いアレスに従わないとは、どういう了見か！」

いきなり怒鳴りつけられて、なんて答えていいかわからなくなる。

困惑している俺たちを見かねて、王太子が口を出した。

「彼にもいろいろ事情がございます。決して王家を軽んじているわけではないかと」

「黙るがいい！　貴様の意見は聞いておらん」

「いいえ。過ぎたことを責めるより、これからのことを話すべきでは？」

王太子が諫めると、王はしぶしぶ頷いた。

「ふん。なら改めて命ずる。勇者アレスに協力し、サド島を魔物たちから奪還せよ。それができたら取り立ててやろう」

そういうなり、プイッと顔を背けて出て行ってしまった。

なんていうか、この国の王族にはろくな奴がいないな。そう思った俺たちは、命令書を受け取ると早々に王城の外に出るのだった。

　王城を出た俺たちは、王都の中心にあるシャイン教の教会に向かう。亜麻色の髪をした妖艶なシスターが、俺たちを迎えてくれた。

「あらあら、パンドラちゃんいらっしゃい。その子は？」

「私の夫。ノアという」

夫って……いつ結婚したんだろうか。

困惑する俺に、そのシスターは意味ありげな視線を向けた。

「この子があの……。はじめまして。私はパンドラの叔母であるヘレンと申しますわ」

ヘレンさんは色っぽい仕草で挨拶してくる。高級そうな香水の匂いが漂ってきて、ちょっとドキドキしてしまった。

「本当においしそうな精気を持っている子ね。ちょっと吸ってもいい？」

「だめ！　ノアは私のもの」

パンドラは彼女から俺を庇うように前に出る。

「仕方ないわね。まあゼウス様からもこの子に手を出すなって言われているし。パンドラちゃんが子供を生むまで待ちましょうか」

ヘレンさんは残念そうに俺を見つめてくるので、鳥肌が立ってしまった。

「それで、今日は何の御用？」

ヘレンさんが聞いてくるので、俺たちは国から出された条件を話した。

「なるほど……自分でお金や兵士を揃えるように言われているのね」

「ヘレンは高級クラブの運営もしていて、顔が広いと聞く。私たちに協力してほしい」

頭を下げて頼むパンドラに、ヘレンさんは優しい笑みを浮かべた。

「いいわよ。可愛い姪の頼みですもの。お姉さんが大人の交渉術を教えてあげる」

こうして、ヘレンさんを加えた俺たちは資金と人材集めに奔走するのだった。

※　　※　　※

「まずは兵士を集めましょうか。教会にはいろいろな情報が集まるの。協力してくれそうな人たちを紹介するわ」

ヘレンさんが俺たちを連れていったのは、サド島の領主であったオケサー伯爵の邸宅だった。なぜか大勢の人たちが屋敷を取り囲んでいる。

「領主様、お助けください」

「私たちにはどこにも行くあてがありません。どうか屋敷の中に入れてください」

そう訴える人たちは薄汚れた服と大荷物を抱えていて、まさに難民といった様子だった。門番の兵士たちも困惑した様子で説得している。

「気の毒だが、オケサー伯爵様から入れるなと命令されておる」

「そんな！　サドの町から命からがら逃げ出したってのに、どうしろっていうんだ！」

鉱山労働者の服を着た男がつるはしを振り上げて文句を言っている。

「気の毒だが自分でなんとかしてくれ」

「おい！　ヘンリー。てめえ、兵士になれたからって俺たちを見捨てるつもりか？　昔は俺の友達だったくせに！」

別の漁師風の男が門番に絡んでいた。

「……そんなことを俺に言われても……」

「あんたもサドの島の民でしょ！　同胞を見捨てるの？」

門番の兵士たちは領民に吊るし上げられて、困り果てた顔をしていた。

「ふふ。やっぱりね。オケサー伯爵は領民を見捨てているわ。兵士たちにとっては彼らは身内。さぞかし肩身が狭い思いをしているでしょう」

ヘレンさんはニヤリと笑うと、難民たちに向かって呼びかけた。

「皆様。私はシャイン教シスター、ヘレンと申します。王家の意向をお伝えしたいと思います」

いきなりの言葉に、兵士も難民たちも何事かと振り返る。

ヘレンさんは俺が王太子からもらった命令書を取り出して、内容を話し始めた。それを聞くうちに、難民たちの顔に希望が浮かんでくる。

「サド島奪還の討伐軍が行われるって？　これで私たちも故郷に帰れる」

喜ぶ彼らに、ヘレンさんは告げた。

「近いうち、勇者様と従者様はサド島を奪還するために再起されるでしょう。もしそれに協力してくれるなら、あなた方の面倒は私たちシャイン教が見ましょう。教会に迎え入れますので、そこで待機していてください」

それを聞いて、難民たちは喜んだ。

「わかりました。私たちも協力します」

彼らは荷物を持って教会へと向かった。残された門番の兵士に、ヘレンさんは声を掛ける。

「あなた方はどうしますか？　討伐軍に参加いたしますか？」

「えっ？　ええっと……オケサー伯爵様に聞いてみないことには……」

困惑するヘンリーとよばれた兵士に、ヘレンさんは畳み掛ける。

「もし討伐軍に参加しないと、あなた方は路頭に迷うことになるでしょうね」

それを聞いたヘンリーは真っ青になった
「ど、どうして？」

「オケサー伯爵はどの道おしまいですわ。今まで彼の財政を支えていた町と金山を失いました。今後は法衣貴族として細々と生きるしかないでしょう。あなた方のような、金食い虫の兵士をいつまでも雇い続けることができると思いますか？」

その言葉にヘンリーは震えだす。なるほど、確かに首になったら大変だもんな。

「な、なら、参加したらどうなるのですか？」

「討伐に成功したら、勇者様のご信任を受けた従者様か、その代理人の方がサド島を治めることになるでしょう。討伐軍に参加していたらその方に雇用されるでしょうね」

「わかりました。仲間たちも誘って、私も参加します」

ヘンリーは頷き、覚悟を決めた顔をする。

オケサー伯爵家の屋敷を後にして、ヘレンさんは笑った。

「どう？　サド島の避難民とオケサー伯爵の兵士たちを、まるごと引き抜くことができたわ。これで人手はなんとかなるでしょう」

「狡猾というか……さすが教会のシスターですね。口が上手い」

俺は思わずオケサー伯爵に同情してしまう。民はともかく兵士にまで見限られたら、二度とサド島に帰れないだろうな。

「でも……金はどうすればいいんですか？」

「心配しなくても大丈夫よ。お布施をお願いするのは私たちの十八番ですもの」

そういってヘレンさんは、俺たちを豪華な屋敷が立ち並ぶ上級貴族街に連れて行った。

上級貴族街という名前がついているが、実際には金さえあればこの地区に住めるので、ここの住人には商売で成功した大商人もいた。ヘレンさんが俺たちを連れていったのは、その中でもひときわ豪勢な屋敷である。

「ここは？」

「ミラード商会。この国一番の商会で、アレス王子のスポンサーよ」

ヘレンさんは執事に主人との面会を求める。始めは渋っていた執事も、国からの命令書を見せると素直に屋敷に招き入れてくれた。

「これはこれは。ヘレン殿。今日はどういった御用ですかな」

欲深そうな老人は、いやらしい目でヘレンさんを見つめるが、彼女は堂々としていた。

「実は、私の身内が国から命令を受けてサド島奪還戦を行うことになりまして。軍を動かすには大金が必要です。しかし、今回は国が費用を賄えないとのことでしたので、高潔で心優しいミラード様にご協力をお願いしに来ました」

ヘレンさんがそう言うと、今までデレデレとしていた彼の顔が急に引き締まった。

「いくらヘレン殿の頼みでも……何の得にもならないことに大金を投じるわけには……」

そういって渋るミラードに、ヘレンさんは訴えかける。

「投資と考えればよろしいのですわ。この戦いにはアレス王子様も参加なされます。協力していただければ、彼の覚えもめでたくなるでしょう」

勇者を持ち出されて、ミラードはちょっと考える顔になる。

「アレス王子から協力せよとは命じられていないが」

「事後承諾という形になりますね。ですが、協力されて怒る者はいないでしょう?」

それを聞いて、ミラードは胡散臭そうな顔になった。

「我々はアレス王子に対しても、少し不信感をもっている。魔族にあっさりと負けたというではないか。また協力しても、勝算はあるのかね？」

「ありますわ」

ヘレンさんは、隣に座っている俺に合図する。俺はミラードに向けて魔力を放った。

「お、おお……これはなんだ？　魔力が満ちてくる」

「いかがですか？　これが『第四の従者』ノア様の力です。前回の戦いでは彼の協力を得られなかったから勇者は負けてしまった。ですが今回は違います。無限に魔力を回復させることができる従者様が魔族討伐に参加されるのです」

そう言われて、ミラードは俺に視線を向ける。おっさんに見つめられても嬉しくないんですけど。

「さらに奪還成功の暁には、ノア様はサド島の領主になられるでしょう。先に彼に投資していれば、金山や近海の漁などの利権に食い込めるのでは？」

ヘレンさんはアポロ王太子との密約書を持ち出して、ミラードを口説いた。

「ノア殿は、アポロ王太子の知己まで得られておられるのか……だが、勇者の従者なのになぜ？　アレス王子にとっては政敵も同然なのに」

「敵対する二つの勢力の両方に誼《よしみ》を通じておくのは、生き残るために当然の戦略でしょう。裏切りでもなんでもありません。明日はどんな風が吹くか、誰にもわからないのです。すでにシャイン教会はどちらが王になられてもいいようにと動いているということですわ」

ヘレンさんはお茶を飲みながらしれっと言った。怖いよ。

「いかがかしら？　二人の王子のうちどちらが王になられるにしろ、両方にパイプを持つノア様に対して資金を出すことは、保険の意味でも不利にはならないでしょう？」

「わかりました。今後は資金の提供はノア様を通じて行いましょう」

ミラードは笑顔で手を差し出してきた。

「どちらの殿下が即位されることになっても我々のことをお取り成しを……」

「は、はい」

俺は焦りながら握手を返す。彼は手付け金として、一億マリスの金を持たせてくれた。

「いかがかしら？　お金など頭の使いようでいくらでも出てくるものでしょう？　大切なのは情報と人脈よ」

そう胸を張るヘレンさんに、俺は素直に感心する。

「なんていうか、めちゃくちゃ勉強になります」

「ふふふ。教会は口先ひとつで人を動かせるように、いろいろノウハウをもっているの。今のうちにこういうやり方を学んで、影ですべてを支配する黒幕におなりなさい。いずれあなたは、私たちサキュバスの王になるのだから」

ヘレンさんは意味ありげに笑った。

俺はしばらく王都の教会に滞在して交渉術を学んだ後、魔法学園に戻る。そしてハゲ頭の学園長に面会を求めた。

「また生徒たちを戦いに連れ出すだって？　許可できん」

サド島出兵計画を聞いた学園長は、首を振って拒否した。

「前は二十五人も帰ってこなかったんだ。その子たちの親に説明するのにどれだけ大変だったか」

「ここは元々そういう場所でしょ？　以前は知りませんが」

俺の言葉に、学園長は渋い顔をする。以前は魔法学園は貴族の学ぶ場所として、荒事とは無縁だった。しかし今はそうではない。勇者の従者や部下になるために魔力が高いものが集められ、厳しい訓練が施されているのである。少なくとも建前は。俺やアルテミス、ほかの魔力が高い平民が入学できたのはそういう理由だった。

まあ、まだ現状が理解できてない貴族のお坊ちゃんお嬢ちゃんが殆どなんだけどな。

「王子も参加するんですよ。部下になるべき貴族が参加しなくてどうするんですか？」

「……なんと言われようと学園は協力しない。話は終わりだ。下がりたまえ」

学園長は俺を追い出す。いいのかな？　後になって泣きついても知らないぞ。

拒否された俺は、昼休みに広場の前で演説を始めた。

「えーーっと。こほん。この度勇者の『第四の従者』を任されたノアだ。今から新生勇者騎士団の参加希望者を募集する」

俺が声を張り上げると、何事かと生徒たちから視線が集まってきた。

「新生勇者騎士団の最初の任務は、サド島の奪還である」

それを聞いた生徒たちは恐怖の表情を浮かべた。

「ふざけんな。誰が参加するかよ」

そんな野次が前回の戦いに参加した生徒たちから上がった。

「参加を希望しない腰抜けに強要はしない。あくまで自由意志だ。だが、この学園は元々勇者の従者や部下を養成するためのものだ。今拒否してもいずれ戦いに駆り出されるだろう。参加が遅くなればなるほど、地位は下がる。当然、お前たちの将来にも影響が出る」

俺の言葉を聞いた生徒たちの顔が引きつる。

「別にいいさ。俺の家は伯爵だし。無理に戦わなくても、領地に帰ればいいだけだし」

「そうよ。私の家は大商人だもん。元々こんな学園に来なくてもよかったのよ。パパに勇者や従者と仲良くなれって言われて来ただけだし……」

貴族のお坊ちゃんや金持ちのお嬢ちゃんがなんか言っているな。別に戦わなくてもいいけど、その代償は払ってもらうよ。ヘレンさんに教わった手口でね。

「君たちの今の発言はアレス王子に伝えておこう。ガレス伯爵家やホーラム商会は協力するつもりはないってね。もし王子が魔神を倒して、世界の救世主になったら、君たちどうなるんだろうね」

思いっきり笑顔を浮かべて言ってやったら、奴らは困った顔になった。

「ふ、ふん、ノアの言うことなんて王子は信じないさ」

そんな声が上がるが、俺は明確に反論する。

「残念だけど俺は第四の従者として公的に命令が下されている。それに、王子だって誰が参加して誰が拒否したかぐらいはわかるさ」

それを聞いた坊ちゃんたちは目に見えてうろたえた。

「どうするかはお前たちに任せる。金で騎士団を援助するというやり方もあるさ。パパとママに相談して決めてくれ。そういうことができない貧乏な貴族や平民たちは……」

俺は下っ端貴族の次男三男を見渡す。

「騎士団に参加して、血と汗を流して勇者に奉仕してくれ。勇者騎士団は実力主義だから、実家の身分は問わない。早く参加すればするほど地位が高くなって、高い身分の奴をこき使えるぞ」

「ほ、本当か？」

一人の少年が聞いてくる。たしかこいつは普通の平民の家の出だったな。

「ああ、本来軍隊ってそういうものだ。現に平民の俺やアルテミスも従者の地位にいるだろう？　どんどん実力で成り上がっていけばいい」

俺はニヤッと笑って、さらに続けた。

「もちろんそれが通じるのは勇者騎士団内部だけの話だ。だけど、俺たちのトップはアレス王子だ。彼が勇者として世界を救ったら、どうなると思う？　俺達の騎士団が正規軍となり、世界を支配することになるんだぞ！」

それを聞いた生徒たちに、彼らなりの打算が浮き上がっていく。

「これはチャンスだ、早いもの勝ちだぞ。今やる気がある奴は誰でも受け入れてやる」

俺の煽りを受けて、立場が弱いものたちが参加を表明する。こうして俺はアレス王子を立てつつ、勇者騎士団を取り仕切る立場を手に入れることができた。

13話　サド島奪還作戦

サド島へ向かう船の中で、俺はアレス王子と相対していた。

「多くの者が参加したものだな」

豪華な客室の中で、偉そうに椅子に座った王子が不機嫌そうにつぶやく。その手には、俺が集めた人員の内訳が書かれた資料があった。

「ご説明申し上げます。元オケサー伯爵家の兵士50名、魔法学園の生徒75名、あと元サド島の住人で構成される義勇兵が……」

「もういい！」

王子は怒鳴り上げる。病室で寝ている間にどんどん次の出兵が決まって、気がついたら戦場に引っ張りだされているんだから不満なのも当然か。

「こんなにも多くの人間が集まったのは、勇者であらせられる王子をお慕い申し上げているからでしょう」

「白々しい。お前が言うと虫唾が走る」

王子の感情を無視して、俺は畳み掛ける。

「くく。この出兵の資金を出したのも兵士を集めたのも、すべて私です。勝利の暁には、私への報酬をお忘れなく」

「わかっている」

王子は不機嫌そうにそっぽを向く。自分がトップに立ちながら、何一つ決める立場にないことが不満そうだった。

残念だったな。お飾りのお前なんて実務には関わらせないぜ。いざと言う時の道具として利用するだけだな。お前の代理人として俺がすべての戦いを仕切ってやる。

「では、私は他の従者と打ち合わせがあるので、退出させていただきます」

「ふん！」

手を振って俺を追い出すと、王子は豪華な個室にたった一人で残された。

俺は部屋に戻り、パンドラと打ち合わせを開始する。

「ノア、王子とアルテミス、アテナはどうするの？」

「町の奪還作戦には関わらせない。奴ら抜きでも戦えるってことを生徒たちに教えるためにな」

俺は作戦を説明する。図書館の中にあったヘパイトスの著書の中に、モンスターとの戦い方が書かれた本があったので、それを参考にした。

「いいか、相手は植物のモンスターだ。そして町は今は無人だ」

俺はサドの町の地図を見せながら、作戦を検証する。こうして、最初の戦いが始まった。

※　　※　　※

私は盾の従者アテナ。勇者であるアレス王子の従者であるが、今回の戦いにいささか不満を持っていた。なぜかノアがすべてを仕切り、従者である私に何の相談もせずに作戦を決めて、それを押し付けてくる。

私に割り振られた役目は、船に残ってアレス王子を護衛することだった。

王子に私たちは船で留守番を命じられたと伝えると、彼は鼻で笑った。

「ふん。小賢しい。ノアと下っ端貴族や平民の生徒たちだけで街を奪還するだと？　手柄欲しさに暴走したか」

「そうですよ。私たちの力が無くて、何ができるんだか。ノアは手に入れた力で思い上がっているんだと思います」

同じく王子の護衛を任されたアルテミスも同意する。

「せいぜい見物してやろうぜ。ノアなんて所詮はただの従者なんだ。勇者である僕がいないと何もできない事を思い知るがいい」

そうだな。モンスターたちと戦えないのは残念だが、すぐにノアは負けて尻尾を巻いて帰ってくるだろう。

私たちに泣きついてきたら、土下座させて今までの無礼を謝らせてやろう。私たちはノアと共に出撃する生徒たちを、軽蔑の視線で見送った。

※　※　※

船から下りた俺たちは、生徒を率いてサドの町の外の小高い丘に陣を敷いた。

ここからは城壁に取り囲まれたサドの町の様子が良く見える。島なので木が少ないため、木造建築はほとんどなく石作りの建物が並んでいる。その建物や城壁に、無数の緑色の蔦が絡まり、町はローズマンドラゴラと名づけられた植物モンスターであふれていた。

俺が指揮を執ることにして、勇者は船の中に留めている。口出しをされたらたまらないからな。

「それでは、サドの町奪還計画を始める。パンドラ、頼む」

「任せて！」

俺の隣にいたパンドラが、玉を掲げて呪文を唱える。

『コロナカタストロフィー！』

太陽のような火の玉が無数に降り注ぎ、外にいた大量のモンスターは一撃で全滅した。

「よし。これで町に近づける。まず配った魔道連絡板が使えるかどうか確認しろ」

俺の命令で全員が薄い板を取り出す。命令が届きやすいようにヘパイトスが残した道具を活用することにした。

「東西南北の門のうち、海に面した北門を除いた門を盾の結界で塞ぐ」

盾の術者たちが、全身から魔力を発して透明な壁を作る。東西南の門は完全にふさがれた。

「よし。次に玉の術者、炎の魔法で城壁に取り付いている植物の蔦を全部焼き尽くせ」

玉の術師が町の城壁を回って、外側から炎を吹き付けていく。城壁に取り付いていたローズマンドラゴラの蔦は、あっという間に燃えていった。

「もういいぞ。次に杖の術者は『風舞《フライ》』の魔法を使って、全員を城壁の上に運べ」

町を囲む勇者軍の中から次々と三人一組の人影が浮き上がって、城壁の上に運ばれる。

「よし。これで勝ったも同然だ。あとは盾で身を守りながら、玉は城壁の上から炎魔法を放って町に入り込んだモンスターを焼いてくれ。杖は待機だ」

俺の命令が魔道連絡板を通じて全員に伝わり、町は全方位から魔法によって攻撃された。

「『ファイヤーボール』！　当たった。やった！　倒したぞ」

玉から発せられる炎魔法を受けたローズマンドラゴラが、怒りのあまり棘のついた蔓を振り回すが、人間たちは城壁の上にいるので届かない。かえって仲間に当たって絡まって動きが取れなくなっていた。

「シャア！」

怒りの声を上げたローズマンドラゴラの花が開いていく。石化攻撃をかける気だな。

「今だ。杖は盾に『魔法反射《リフレク》』の魔法をかけろ」

あわてて杖の術者が魔法を掛けると、三人一組になった生徒たちを守っていた盾が銀色に輝き始める。ローズマンドラゴラから放たれた石化の光は、反射してマンドラゴラ自身を石化させた。

「キイイ！」

かなわないと思ったのか、ローズマンドラゴラたちは逃走に入る。しかし、東西南の門は結界でふさがれているので、唯一開いている北の門に殺到していった。

「ノア、魔物が逃げていく」

俺の隣で観戦していたパンドラが慌てた声をあげるが、俺は落ち着いている。

「大丈夫だ。北の門は港だから海に面している。逃げ場はないさ」

その言葉通り北の港に逃げたローズマンドラゴラは、押し寄せる仲間に押されて海に落ち、萎れて死んでいった。残ったモンスターも城壁の上からの魔法攻撃で焼かれていく。

数時間後、サドの町を占拠していたモンスターは完全に駆除され、奪還作戦は成功したのだった。

俺とパンドラがサドの町に入ると、後ろから割れんばかりの拍手が響いた。元避難民の義勇兵たちが俺たちを称えている。

「軍師ノア！　戦女神パンドラ！　勇敢な騎士たち！　万歳！」

俺たちの後についてきている生徒たちも、自信を持った顔つきになっている。彼らも戦闘経験を積んで、従者に選ばれなくても俺さえいれば戦えると実感できただろう。

最後に豪華な鎧を着たアレス王子が、ゆっくりと中央を歩いてくる。その少し後ろに、アテナとアルテミスが決まりの悪そうな顔でついてきていた。

「勇者様万歳！　従者様万歳！」

「町を取り戻していただいて、ありがとうございます」

義勇兵たちから感謝の声があがり、王子は得意そうな顔で手を振る。よしよし。うまく乗せられているな。これであいつの面子を立てつつ、俺は影から操れるだろう。

しかし、アテナとアルテミスは恥ずかしさに顔を真っ赤にしていた。

当然だよな。この戦いで何もしてないんだから。心配するな。お前たちはこの後の戦いで嫌というほどこき使ってやるよ。

王子たちが領主の館に入ると、俺は元オケサー伯爵家の兵士たちに命令を下す。

「お前たちの本番はここからだぞ。町を警備して治安を守れ」

「はっ！」

兵士たちが俺に向かって敬礼する。よしよし。誰がこの町の領主になるのか、ちゃんとわかっている顔だな。

「義勇兵たちは船から補給物資を降ろして倉庫に入れろ。それが済んだら各自食料を受け取って、帰宅を認める。すぐに妻子を迎えられるように、家を掃除しておけよ」

俺がそう言うと、さっきまでの王子を称える声よりもっと大きな歓声が沸きあがった。

「軍師ノア。家に帰れたのはアンタのおかげだ」

「俺たちはアンタについていくぜ。ぜひこの町を治める領主になってくれ」

ふふ。人は利益を与えられたら、簡単に懐いてくれるものだな。

この日以降、俺は第四の従者『軍師ノア』と呼ばれるようになるのだった。

※　※　※

私は杖の従者アルテミス。私達抜きでは絶対に失敗すると思っていたサドの町奪還計画が成功したので、気まずい思いをしている。

義勇兵たちは私たちを称えているけど、恥ずかしくて顔も上げられない。隣でアテナ姉さんも同じように真っ赤な顔をしていた。

何よ！　これじゃ私たちはいらないみたいじゃない。絶対にノアは失敗して私たちに泣きついてくる。そこを寛大な私たちが許して、仲直りという筋書きだったのに。

前を歩くノアとパンドラが妬ましい。二人は仲よさそうに腕を組んで歩いていた。

何かおかしい。王子と彼に選ばれた私たちが世界を救うはずだったのに。ヒーローとヒロインになって、世界中から称えられるはずだったのに。

このままじゃ、ノアとパンドラが救世主になってしまう。こうなったら、王子にもっと頑張ってもらわないと！

そう思った私は、アレス王子にある提案をした。

「僕たちだけで魔王退治に行くって？」

それを聞いた王子は、かすかに不安そうな顔をした。何よ！　勇者だったらもっとしっかりしてよ。ノアなんて要らないって証明してみせてよ！

「このままでは魔王を倒した栄誉はノアたちのものになってしまうかもしれません」

それを聞いて、アテナ姉も焦った顔になる。

「王子、幸い雑魚敵はすべてノアたちが始末したようです。魔王のいる所まで万全の状態でたどり着けると思います」

それを聞いて、王子の目にも自信が蘇ってきた。

「そうだな。あんな奴に舐められてたまるか。僕は勇者なんだ。あんな奴に頼らなくても魔王を倒してやる！」

「その意気です！」

次の日、私たちはノアとパンドラを置いて三人だけで魔王がいる洞窟に向かった。

※　※　※

「アレスはどこだ？　アルテミスとアテナは？」

俺は生徒たちに三人を探させたが、彼らは見つからなかった。

「もしかして、三人だけで魔王退治に向かったのかも？」

「くそっ。あいつらバカなのか？　俺がいなくてどうやって魔王を封印するつもりなんだ」

俺は昨日のうちに作っていた封神壷を抱きしめながら、声を荒げた。

「すぐに追いかけよう」

生徒たちがそういってくるが、俺は首を振る。

「いや、俺とパンドラだけのほうが身軽に動ける。お前達は町を守っていてくれ」

「わかった。こっちは任せてくれ」

生徒たちに見送られ、俺とパンドラは金山にある洞窟に向かった。

金山の入り口は、棘のついた植物の蔓に覆われていた。

「これはなんなんだ？」

「おそらく、この蔓自身が魔王の体の一部。洞窟から溢れ出している」

パンドラはウネウネと動いている蔓を不気味そうに見ていた。

「アレスたちは？」

「たぶん強引に道を切り開いて、奥に進んでいった」

よく見ると、所々蔓が切られて再生したような跡がある。

「馬鹿だな。こんなことしているとすぐに魔力が尽きてしまうぞ」

「急ごう。『コロナカタストロフィー』」

パンドラの玉が煌くと、炎の玉が蔓を焼き尽くす。俺たちは洞窟に入っていった。

しばらく進んだ所で、前回の戦いで行方不明になった生徒たちの死体を見つけた。蔓に絡まれて、カラカラのミイラ状態になっている。

「……魔力を吸い取られている」

「まずいな。俺たちと同じ能力を持っているのか。しかも無限に吸収できるみたいだ」

大地と契約している俺はある程度地下の魔力を探ることができるので、ここにいる魔王が大地に関わるモノだということは予測がついていた。

「急ごう」

俺たちは蔓を焼き切りながら、奥に進んでいった。

※　　※　　※

僕はアレス。世界を救う勇者だといわれている。

しかし、今は棘のついた蔓に絡みつかれて、宙に吊り下げられていた。

「くそっ！　離せ！」

「助けて……お願い」

僕の隣では、大切なパートナーの美少女たちが血を流しながら必死にもがいている。僕たちから滴り落ちた血は、下にある壊れた壷に吸い込まれていった。

「くそっ！　まさかあの壷がトラップだったなんて！」

僕はあの中に魔王が封印されていると思って、先手必勝と聖剣アロンダイトで真っ二つにした。すると中から触手が出てきて、僕たちを拘束したんだ。

「くそおっ！」

どんなにもがいても棘のついた蔓は離れない。それどころかより一層きつく締め付いて、少しずつ魔力を吸い取っていた。

それに伴い、真下にある蔓から花の蕾のようなものが生えてくる。うっすらと透けて見えるその中には、人間のような影が見えていた。

その時、この部屋に通じる扉がバタンと開かれ、二人の人間が入って来る。

「お兄ちゃん！」

「ノア！」

隣の二人が嬉しそうな声を上げる。入ってきたのはノアとパンドラだった。

「やれやれ。俺の命令を無視して勝手に出て行ったくせに、このざまなのか」

ノアは冷たい目で僕たちを見てくる。なんだよ！　早く助けろよ！

「……ごめんなさい。お兄ちゃん。助けて。お願い」

「ノア。私が悪かった。助けてくれ……」

アルテミスとアテナがノアに命乞いをした。従者としての誇りはないのか？　でも、この状態では何もできない。仕方なく、僕はノアに命令した。

「早く助けろ。従者は勇者を助けるべきだろ？」

「……それも場合によりけりですな。今はあなた達に構っている暇はないようです。しばらく大人しくしていてください」

ノアは僕たちの足元を指差す。花の蕾が開いて、下半身が蔓に覆われた美女が現れた。

※　※　※

洞窟の奥深く、俺とパンドラは植物の蔓に覆われた全身緑色美女と相対する。不気味な姿に俺たちは警戒するが、その美女は友好的な笑みを浮かべていた。

「良くぞ来た。当代の勇者と従者たちよ。ワラワは土の魔王、ガイアじゃ」

土の魔王さんは礼儀正しく名乗ってくれました。

「貴様が魔王か！　僕は勇者アレス！　お前を倒してやる！」

王子が宙吊りにされながらも威勢よく叫んでいるが、ガイアはちらっと見るだけで相手にしなかった。

「血の気が多いの。ワラワはそなたたちと戦う気はないぞ」

「ふざけるな！　何人もの生徒たちを殺したくせに！」

王子はそれを聞いていきり立つも、ガイアはやれやれと肩をすくめた。

「それはお主たちも同じではないか？　わが子を何人も焼き殺したのを知っておるぞ」

「減らず口を！　お前たち魔物なんて倒されて当然だ！」

うるさく喚き立てる王子に、ガイアはため息をついた。

「やはり『剣』とは話にならんのぅ。『道具』は誰じゃ」

あれ？　俺を指名してきたぞ？　みんなが俺を見つめてきたので、仕方なく俺は名乗った。

「はじめまして。道具の従者ノアと申します」

「ほう。礼儀正しいの。見所ありそうな若者じゃ」

ガイアはウインクしてきた。あれ？　なんで俺って味方である人間から嫌われて、魔王に認められているんだろ？　同じ大地に関わるものとして、交渉できないかな？

俺はひとつ咳払いすると、ガイアさんに訴えかけた。

「あなたの子というモンスターが金山からあふれ出て、人間に迷惑をかけています。なんとか大人しく封印されてくれませんか？」

「愚かなことを申すな。そもそもお主の先祖がワラワにここで待てと申したのじゃぞ。それより約定を果たすがよい」

あれ？　話が噛み合ってないぞ。

「約定ってなんですか？」

「なんじゃ。伝わっておらなんだのか」

ガイアは約定とやらを話し始めた。

先代勇者パーティと土の魔王ガイア一族の戦いは熾烈を極め、どれだけ戦っても決着がつかなかった。長引く戦いにうんざりした道具の従者へパイトスは、ひそかにガイアと休戦協定を結び、いつか新天地に連れて行くと約束したのだった。

「新天地？」

「東にある無人の大陸ヨーロピアンじゃ。そこなら他の魔族もおらんからの。我が一族が繁栄するにもってこいじゃ。大地と一体化しておる我らは、魔力が薄い土地でも生きていけるからのぅ」

ガイアは笑いながら語った。

「もともと、大地の化身である我らに争いごとは向かぬ。争うより生み出すのが仕事じゃからの。じゃからここで封印されながら待っておったのじゃが、なかなか迎えにこなくての。眠っておったら、次の魔神様が再降臨する時代を迎えたというわけじゃ」

ガイアは語り終えると、俺に頼み込んできた。

「ほれ。子孫のお主が約定を果たすべきじゃろう。ワラワをヨーロピアンに連れていっておくれ」

「え、えっと……」

そんなこと急にいわれても困るんですけど。困惑していると、王子が喚きだした。

「魔王などと話すことはない！　ノア、こいつを倒せ！」

うるせえな。お前なんかよりガイアさんの方がよっぽど話が通じるよ。

「わかりました。ですが、どうやって運べばいいのでしょうか」

「そこに良い乗り物を持っているではないか。ワラワも引っ越すとしよう」

そう言うと、ガイアさんは自発的に俺が持っている封神壷に入っていく。

「一刻も早く、ワラワを新天地に連れて行くのじゃぞ」

「わかりました。もう少し待っていてくださいね」

俺はそう告げると、そっと封神壷の蓋を閉めた。

同時に三人を拘束していた蔓が切れ、王子たちは地面に落ちてくる。

「きゃあ！　痛い！」

三人は地面に叩きつけられて叫び声を上げた。

「お疲れ様。ガイアさんが理性的な魔王で助かったな」

俺がそう声を掛けると、王子が食ってかかってきた。

「貴様！　人間を裏切る気か！」

「何がどうなって裏切り者扱いされるのかさっぱりわからない。交渉で穏便に物事を収めただけだろ。ガイアさんはこれ以上人間を襲わない。俺はガイアさんを新天地に連れて行く。誰も傷つかなくて結構な話じゃないか」

そう諭されても、王子は悔しそうに睨み付けてくる。納得できないみたいだな。

俺はそんな王子を無視して三人に魔力を注入すると。魔力切れで動けなかった彼らの体に活力が戻った。

「貴様……帰ったらこのことを父上に報告するからな」

「どうぞご自由に。あなた方が魔王に手も足も出せずに、情けなく宙吊りされたことも報告してくださいよ」

俺がバカにした口調で言うと、王子はひるんだ顔をした。

「そんなことを父上が信じると思うのか?」

「信じると思いますよ。王の前でこの壺の蓋を開けて、あなたとガイアさんを戦わせたらね」

俺がガイアさんの入った壺の蓋に手を掛けると、王子は真っ青になった。

「そ、そんなことをしたら……」

「ふふふ。冗談ですよ」

俺は王子の肩をポンポンと叩いて、耳元でそっとささやいた。

「黙っていればお前を勇者として立ててやる。だけど、余計なことを騒ぎたてるならここで始末するぞ。勇者は魔王との戦いで名誉の戦死を遂げましたってな」

それを聞いて、王子の顔に恐怖が浮かんだ。

「まあ、これからも仲良くやっていきましょうよ。お互いのために」

「くっ……こんなことになったのも、お前たちが弱いせいだ！」

王子は俺に手を出せないと分かると、アテナとアルテミスに八つ当たりし始めた。

「そんな……私たちもがんばったのに！　それに魔王に手も足もでなかったのは、王子も」

「アルテミス、待て」

不満を漏らすアルテミスを、アテナが止める。

「……申し訳ありません。私たちの無力をお詫びします」

「ふん！　次にこんなことになったら、従者を首にしてやるからな！」

王子は肩を怒らせながら去っていく。アテナとアルテミスは泣きそうな顔をしながら、俺を見つめた。

「ノア……その」

「お兄ちゃん……」

近寄ってくる二人を、俺は冷たく拒絶する。

「まあ、頑張れ。せいぜい王子に見捨てられないように尽くすんだな」

俺はパンドラを連れて去っていく。取り残された二人は、抱き合って涙を流していた。

俺たちはサドの町に戻り、兵士と義勇兵から熱狂的な歓迎を受けた。

「勇者アレス万歳！」

民衆から賞賛を受けている時の王子は機嫌よかったが、領主の館に戻って報酬の話になると、途端に不機嫌になった。

「お前をこのサド島の領主にしろだって？　そんなことは父上に言えよ」

「もちろん陛下にも認めてもらいます。ですが、王子の口から民たちにはっきり宣言してもらいたいと思います」

それを聞いた王子は不愉快そうに俺を睨みつける。何だよ。利益は全部俺のものってのが協力する条件だろ。

「なんで僕がそんなことをしなきゃならないんだ？」

「勇者様の権威があれば、俺がこの島を統治しやすくなるからです」

実際には勇者に宣言させることで、後で無かったことにさせないためだけどね。アポロ王太子の密約書だけじゃ不安だし。

「もしご協力いただけないなら、今後の魔王との戦いで俺たちは協力しませんよ。それに、ある日突然王都に魔王が出現するかもしれませんよ」

「わかったよ！」

王子はふくれっ面をしてそっぽを向く。こうして、出発前の挨拶で王子に俺をサド島の領主にすることを宣言させることができた。

「あー。このたびの戦いでは、皆の力もあって魔王を再封印できた。皆の戦いを私は誇りに思う。勇者騎士団の初陣として申し分ない成果をあげることができた」

王子の言葉に生徒たちがわっと沸く。あれ？　前の戦いは無かったことになっているな。

「この戦いで、わが部下ノアは戦力を整えるのに尽力してくれた。それを評価して、この島の統治を任せようと思う」

兵士や義勇兵たちが俺を見る。これで俺が君たちの領主になることが確定したね。

「今後は彼を領主として、この島を発展させていって欲しい」

王子がそう宣言すると、割れんばかりの拍手が巻き起こった。

「ノア、われらが領主！」

「私たちはあなたに忠誠を誓います」

こうして、俺は根拠地となる領地を手に入れたのだった。

14話　実権を握る者

勇者アレスが土魔王ガイアを倒したと知らせが入り、国王アトラスは上機嫌だった。

「さすがアレス。ワシの後継者に相応しい」

父が漏らした不用意な一言に顔をしかめながら、私は一枚の書類を差し出した。

「アポロ、これはなんじゃ？」

「従者に対する報償の一覧でございます」

その紙を見ているうちに、父はどんどん不機嫌になっていく。そこには平民に与えるには過大な報償が書かれていた。

「道具の従者ノアにサド島を与えるじゃと？　バカな。魔王を倒したのはアレスじゃ！　アレスに与えるべきじゃろう」

「残念ながら、そのアレス自身がノアが領主になることを宣言しております」

私も渋い顔になる。まさかノアがそんなことまでアレスにさせるとは思っていなかった。

密約の内容については、適当にごまかしてサド島の町のお飾りの代官職だけを与え、金山は自分の直轄地にしようと思っていたのである。

「そんなのは認めん！」

「ですが、報告によりますとサド島奪還の軍編成・費用の調達などはすべてノアが行っております。ここで認めないと、勇者や国家に対する不信を招きかねません」

「ぐぬぬ……」

父は報告書を見てうなり声をあげる。

「所詮、道具の従者といえどもただの平民小僧。領地経営などできるはずもなく、すぐに破綻するに決まっております。そうなったら召しあげて、代わりに下級役人の地位でも与えて薄給でこきつかってやればいいのです」

私の提案に、父はしぶしぶ納得する。

「いいだろう。じゃが栄光ある貴族位はやれんぞ」

「仕方ありません。家名だけ与えて平民のままに据え置きましょう」

何とか合意を得て、王の部屋を出る。

執務室に戻ると、太った男とその息子が訪問してきた。

「アポロ王太子殿下、サド島奪還おめでとうございます。これはお祝いでございます」

揉み手をして大きな袋を差し出してくる。その中には金貨がたくさん入っていた。

「ほう。アレスの勇者騎士団の出兵資金には一マリスも出さなかったお前が今さらお祝いとはな」

皮肉を込めて言うと、太った男――オケサー伯爵は決まり悪そうにした。

「あ、あの時は成功するとは思えなかったのです。愚かな私の判断ミスでした。今後は貴族として国家に協力することの証として、このお金を……」

「ほう。卿の国家への献身、まことにありがたい。受け取っておこう」

そういって袋を受け取ると、オケサー伯爵はほっとした顔になった。

「そ、それで、私たちはいつサド島に帰れるのでしょう」

おもねるように聞いてくるが、私は冷たく拒否した。

「残念だが、サド島の領主の座は既に埋まっておる。この戦いに尽力してくれた、道具の従者だ」

「そ、そんな！」

オケサー伯爵親子は絶望して床にへたり込む。それをチラッと見ながら続けた。

「卿にはいろいろ不手際があった。民を見捨て真っ先に領地から逃げ出したこと、卿の息子が道具の従者に危害を加え、彼の国家に対する信を失わせたこと。いずれも追放が相応しい罪であるが」

渡された袋の中身を見て、にやりと笑う。

「国家に多額の献金をしたという功もある。それを踏まえて、貴族位だけは残してやろう。衛兵！オケサー殿が退出なされる。失礼のないように王宮から放り出せ！」

兵士が駆け寄ってオケサー伯爵を連れ出す。それを見送って、私はため息をついた。

「道具の従者、ノアか。ただの小僧と思っていたが、小賢しい。いざという時に排除できるように、警戒しておかないといかんな」

私の心の中では、用済みになったらアレスもノアも始末するという決意が固まっていた。

※　※　※

俺たちは一度王都に戻り、国王に謁見する。

揉めるかもしれないかと思っていたが、あっさりと俺は五億マリスの報奨金とサド島の領主の地位を認められた。領地を奪われるオケサー伯爵と俺をいじめていたその息子は王太子にゴネたらしいが、相手にされなかったらしい。

そりゃそうだよな。もはや金の問題じゃないもんな。かわいそうに、なけなしの金まで無駄遣いしたオケサー伯爵家は没落してしまったようだ。まあ同情はしないけどな。

「さて、サド島に戻る前にもうひと仕事するか」

俺は魔法学園に向かう。生徒たちは勇者の勝利に沸き立っていた。

「勇者様！　サド島奪還おめでとうございます！」

中庭では、生徒たちがアレスを囲んで褒め称えていた。

「みんな！　ありがとう。君たちのおかげで魔王を倒せたよ」

王子は台に上がって、白い歯を見せ付け笑いながら手を振っていた。隣にはアテナとアルテミスもいるが、引きつった顔をしている。相当内面では鬱屈しているんだろうな。真実を知っている二人はさぞ恥ずかしい思いをしているだろう。

その周りを囲んでいるのは上級貴族や大商人の子女ばかり。彼らは戦いに参加しなかったことをごまかすように、必死に王子を褒め称えていた。

それに対して、実際に戦った生徒たちは輪の外に追いやられて不満そうな顔をしている。

よしよし、いい傾向だな。俺はちらっと窓の外に視線を向けると、対面に座る学園の権力者に呼びかけた。

「それで、今後は我が勇者騎士団に協力して下さるんですよね」

「それは……」

ハゲ頭の学園長の顔色は悪い。

「元々この学園は、勇者の部下を養成するためのものであったはずです。その教育機関のトップであるあなたが勇者の邪魔をされては、存在意義すらなくなりますよ」

学園長は黙って下を向く。当然だよな。失敗すると思っていたサド島奪還戦が成功してしまったんだから。俺たちが失敗していたら、無謀な戦いから生徒を護った立派な人物だってことになるんだけど、俺たちが成功してしまったせいで、学園長は単なる義務も責任も果たさない無能な老害になってしまった。

「今のところ、あなたが出兵に反対したという事実は私の胸におさめております。勇者からはなぜ上級貴族からの参加者がいないのか責められましたけど」

俺の言葉に学園長はビクッとなる。まあ嘘なんですけどね。

充分に脅しに効果があると確認した俺は、優しい声で逃げ道を作ってやった。

「ところで、実際に戦った生徒たちには褒美を出さなければなりませんが、国家からもらった報奨金だけではいささか足りません。学園長には寄付を募りたいと思います」

「寄付……ですか？」

学園長はオウムのように俺の言葉を繰り返す。

「さよう。まあ十億マリスほどあれば足りるでしょう」

俺は学園長室にある金庫を見ながら言ってやった。

「そ、それは困る！　そんな大金を払ったら、学園の運営に支障がでる」

「それであなたの地位が保てるなら安い物でしょう？」

真っ青になった学園長に、からかうように告げる。

「失ったお金は寄付金という名目で、生徒たちの親から絞り上げればよろしいではありませんか。勇者に対する協力という形にして」

これで学園長をスケープゴートにして貴族から金を巻き上げられるな。

そう思いながら、俺は戦いに参加しなかった生徒たちのリストを渡した。

「別にこの話を拒否してもいいのですよ。学園長の首がすげ変わるだけですから。次の学園長には、我々勇者騎士団に協力的な人物を派遣していただけるように、王家にお願いしましょう」

俺がそう言うと、学園長は顔色を変えて俺に頭を下げてきた。

「払います！　払いますから、何卒王家にお取り成しを！」

学園長のハゲ頭が上下するのを見ながら、俺は勝利を確信していた。


学園長の部屋から大きな袋を持って出た俺は、パンドラに頼んで無限収納箱に入れてもらう。そして、ひそかに戦いで活躍した幹部になりそうな生徒たちに声を掛けた。

「大事な話がある。教会の地下に来てくれ」

やって来た数人の生徒は、どこか不満そうだった。

「ノア！　なんで王子は俺たちを遠ざけるんだ？　戦いもしなかった貴族のお坊ちゃんたちだけ取り巻きにして！」

「戦ったのは私たちも同じでしょ！　なんで誰からも褒めてもらえないのよ！」

最初は勇者と自分を同一視して彼が褒め称えられることがいい気分だったみたいだが、人間ってそれだけじゃ満足できないよな。勇者の部下だからってその他大勢の一人だし。

「戦いに参加して活躍したら、あの子もきっと俺を認めてくれると思っていたのに。勇者ばっかり良い思いして！」

うん。その気持ちはすごくわかる。男って女にもてるために必死に頑張るよな。でもそれが空回りしたら、その反動で無気力になったりするんだ。

俺は彼らの不満を黙って聞いていたが、頃合を見て階級章と金貨の袋を取り出した。

「こほん。君たちの戦果を表彰して、勇者騎士団副官ノアの名において「軍士」の地位を授ける。同時に報奨金として、百万マリスを与える」

一人ひとりの胸に星が二つ入ったバッジを金貨の入った袋を渡す。今まで不満そうな顔をしていた生徒たちが、パッと明るくなった。

「他の戦った生徒たちもここに来るように伝えてくれ。ただし、誰にも言わずにこっそりと来させるんだぞ」

「なんでだ？　堂々とみんなの前で表彰すればいい」

生徒の一人が首をかしげながら言うが、俺は悲しそうな顔をしてその訳を話した。

「もちろん、俺だってそうしたいさ。だけど王子の態度を見ただろう。一緒に戦った君たちのことより、戦いもしないでおべんちゃらを使う身分が高い奴らだけ重宝している」

俺の言葉に、生徒たちは同感だというふうに大きく頷く。

「所詮、勇者といえども苦労しらずの坊ちゃんに過ぎないのさ。だから下の人間に対する配慮が足りない。そういう所を副官である俺が陰で補う必要があるんだ。俺が表立って君たちを表彰したら王子の面子をつぶすだろう？」

それを聞いて、生徒たちは納得した。

「王子は軽い神輿として勝手に舞い上がらせておけばいい。勇者騎士団の実務を担うのはこの俺だ。

俺がみんなに正当な評価を下し、報奨を支払う。不満はあるだろうが、それでこらえてくれ」

それを聞いた生徒たちの目が、俺を尊敬するものに代わっていった。

「わかった。ノア、実際のリーダーは君だ。みんなにもそう扱うように伝える」

これで実際に戦闘ができる生徒たちを配下にできた。アルテミスやアテナが俺に従わなくても、充分その代わりになるだろう。

俺はさらに生徒たちに次げた。

「まだ騎士団に参加していない生徒たちに、サド島での戦いを詳しく語ってやってくれ。王子がいなくても術者だけで町を奪還できたってな」

彼ら一般の術者にも俺さえいれば戦えると自信を持ってもらわないとな。

こうして、俺は騎士団の実権を握ることになるのだった。

15話　世界の支配者は祖先で魔王？

僕は勇者アレス。従者たちを率いて魔王を倒し、世界を救う者だ。

サド島奪還戦は上手くいき、僕は勇者として着実に実績を積んでいる。まあ、魔王との戦いではいろいろあったけど、あの場にいた従者以外に何があったか知っている者はいないので、僕が魔王に負けたことは誰にもばれていない。

ノアの奴は弱味を握った気になっているんだろうけど、所詮は平民の浅知恵だ。あいつが万一余計なことを言っても、誰も信じたりしない。なぜなら僕は勇者だから、みんなが僕の言うことを信じるに決まっている。

あいつは僕を利用しているつもりだが、僕のほうがあいつを利用しているのさ。そう自分に言い聞かせていると、戦いに参加しなかった生徒たちが質問してきた。

「王子はサドの町の奪還戦に参加しなかったと聞きましたが、なぜですか？」

えっと、何て答えよう。考えていると、僕の右隣にいたアテナが余計な口を挟んだ。

「王子は勇者だ。雑魚の敵など煩わせる必要はない。だから後方でどっしりと構えていたわけだ。生徒たちに万一のことがあれば、すぐに駆けつけられるようにとな」

アテナの説明を聞いた生徒たちから納得の声があがる。

「なるほど。さすが王子だ。王者の貫禄だな」

聞いていた上級貴族の男子生徒から歓声が上がるが、その後ろで戦いに参加した身分が低い生徒たちは失笑していた。

まずいな。奴らが余計なことを言わないように、後で脅しつけておくか。

そう思っていたら、戦いに参加した生徒から質問が来た。

「王子はそこにいる二名の従者と魔王退治に向かわれましたが、どうやって魔王を倒されたのですか？　ノア従者は抜きで戦われたのに」

どうやってだって？　どう説明すればいいんだろう。まさか僕たちがコテンパンに負けた後、魔王がノアの説得に応じて自分から封印されたなんて言えないし。

考えていたら、左隣にしたアルテミスが差し出がましいことを言った。

「王子はとても勇敢に戦われたわ。何度も傷を負いながらも、聖剣アロンダイトで植物の化け物だった魔王ガイアを切り裂いたの」

「かっこいい。やっぱり勇者はそうでないとねー」

聞いていた女子の上級貴族から歓声があがる。ふん。どうやらごまかせたようだな。僕の勇者としての評判を落とさなくて済むだろう。

だけど、これからの戦いは彼らも参加するだろう。その時、今回のようにノアがいないと勇者でも魔王に対抗できないと知られたらどうすればいいんだろう。アテナとアルテミスは役立たずだし。

僕は尊敬の目で見つめてくる生徒たちに手を振りながら、これからの戦いに不安を感じていた。

※　※　※

私は盾の従者アテナ。王子が生徒から質問されて困っているから、ついとっさに嘘をついてしまったが、それでよかったのだろうか？

いつから私は嘘をついてごまかすということを覚えたのだろう。私が小さい頃目指していた騎士とは公明正大で、誰に対しても後ろ暗い思いをする必要がない存在だと思っていたのに。

そう思うと涙が出てくるが、もはや私たちはアレス王子を守るしかない。今更後戻りはできないのだから。

今のところノアは王子に協力する気になってくれているみたいだが、忠誠は誓っていない。つまり都合が悪くなるとすぐに裏切られるということだ。

その時私はどうするべきだろうか？　今のノアは『道具』の能力だけではなく、人間としても成長してしまった。一軍を指揮する将軍に匹敵する指揮能力を持ち、資金や人を集める組織力も身につけている。未だ個人のままである私たちでは対抗できるわけがない。

いや、アレス王子でも無理かも。客観的に見て、生まれながらの王子として甘やかされてきた彼と、平民から領主に成り上がったノアとは能力では比べ物にならないだろう。

彼に対抗できるとすれば、従者としての能力の活用だが……。そこまで考えて、私はあることに気づいて愕然とした。

『剣』のレプリカというものは存在せず、当然それを使いこなす術者もいない。つまり王子は勇者としいうオンリーワンの存在で、地位を脅かされることはない。

『玉』のレプリカは存在するが、オリジナルの聖具を使う従者であるパンドラがあまりにも圧倒的な魔力を誇るので、彼女の代わりも存在しないだろう。

しかし、『盾』である私と『杖』であるアルテミスは、レプリカを使う他の術者と大差がない。つまり、いくらでも代わりがいる存在なのである。

私は急に自分が価値の無い存在ではないかという思いにさいなまれ、これからの未来に不安を感じてしまった。

ノアを見捨てさえしなければ、こんな苦しい立場に追い込まれることはなかったのに。

※　※　※

私は杖の従者アルテミス。今、戦いに参加しなかった生徒たちに囲まれている。

彼らに魔王との戦いのことを聞かれて、王子は困っていた。見かねた私は適当なことを言ってごまかしたのだが、いつまでも隠し通せるだろうか。

ノアが、私のお兄ちゃんがいないと勇者や従者といえども魔王に対抗できないことを。そして私たちに恨みを持っていて、いつまで協力してくれるかわからないことを。

なぜこんなことになったのだろう。本当なら兄妹共に王子に従者として仕えて、私は王妃に、そしてノアは大貴族になって共に幸福になれる未来があったはずなのに。私に向かってもう兄じゃないと言ったノアの冷たい顔が忘れられない。

そりゃ、私にも悪い所はあった。ノアが無能とバカにされているのを見て、私までいじめられたくないからって冷たく扱ってしまった。

でも、そんなのはちょっと調子に乗っただけ。ノアは兄なんだから、妹がちょっとくらい失礼な態度をとったからって笑って許すのが当然でしょ？　それなのに兄妹の縁を切るなんてひどすぎる。

王子もサド島の戦いを見る限り大して頼りにならないし、これから私はどうすればいいんだろう？　とりあえずお兄ちゃんが許してくれるまで、王子に頑張ってもらうしかないか。私を守ってもらうために。

そう思った私は、虚しい思いを感じながら必死に王子を擁護するのだった。

※　　※　　※

俺は勇者騎士団の副官兼サド島の領主「ノア・ヘパイトス」として、王都と領地を行ったり来たりすることになった。ちなみにヘパイトスは新たに与えられた姓である。

「ここが私たちの新居になるのか。悪くない。ノア、結婚式はいつにする？」

パンドラさん。気が早いです。まあ彼女の存在は大歓迎なんだけど、あまり嬉しくない人物もやって来た。

「ノア様。王家との連絡役に命じられましたので、何でもおっしゃってください」

俺の前で恭《うやうや》しく頭を下げる胡散臭い男は、商人のヘルメス。

「いらない。帰れ」

「お言葉ですが、王太子殿下から命じられました。ヘパイトス家の運営を手助けするようにと。これからは粉骨砕身協力させていただきます」

ヘルメスは王太子の署名が入った命令書を見せる。連絡役といいながら、これは監視役だな。ついでに事業を請け負って、金儲けしようとしているんだろう。

でもこいつを排除するだけの力が、今の俺には無いんだよな。

俺の渋い顔を見て、パンドラが耳打ちしてきた。

（心配いらない。こいつを掣肘できる人物を呼んでいる。性格は悪いけど信頼はできる。ヘルメスのことは彼女に任せる）

（わかったよ……仕方ないな）

何かこすい事でもして金儲けするなら勝手にやっていろ。俺はこの島で終わるつもりはないし、商売を通じて俺の影響力が強くなったらすぐに排除してやるからな。

俺はしぶしぶヘルメスの存在を受け入れるのだった。

※　　※　　※

私はヘルメス。ただの人間の商人である。少なくとも現在は。

サド島のシャイン教の教会で、四百年前から続く腐れ縁の彼女と相対していた。

「なかなか、良い感じにひねくれてきているじゃないか。人間を無条件に救いたがる聖人君子になられては、アドルフの二の舞になってしまうからね」

彼女はノアの仕上がりに満足そうだったが、私は少し不満だった。ノアはもっと利用しやすいように素直に育てるつもりだったのだが。

まあ、仕方が無い。目の前の彼女は曲者だ。シャイン教会の監視があったのでアドルフの死後彼を引き取れず、泳がせていた結果疑り深い性格に育ってしまった。

私は内心の不満を隠しながら、彼女に頭を下げた。

「アドルフのことを謝罪いたします。あまりにも人間を信じさせすぎたので、欲に目が眩んだ従者に不意打ちで殺されてしまいました」

「欲に目が眩んだ？　どの口であんたが言うのかね。金の亡者ヘルメス。あんたはこの四百年で、悪い意味で人間に染まってしまっているよ」

彼女から軽蔑されてしまうが、私はもう慣れっこである。なんと言われようと、私は生き方を変えるつもりはなかった。

私が平然としているので、彼女は何を言っても無駄と思ったのかため息をついた。

「アドルフのことは仕方ない。彼は良い子だったけど、周囲に良い人間が多すぎて人を疑うということを知らなかった。『新たな王』として担ぎ上げるには向かなかった。人間としては愛すべき子だったけどね」

彼女の声には悲しみが含まれていた。

「それに比べて、ノアは期待できる。学園でいじめられて人間を簡単に信じなくなっているが、同時に身内になった人間を守ろうとする優しさも残っている。あの子なら『新たな王』として、あたしたちを導いてくれるだろう。パンドラともいい仲になっているしね」

「まさかノアも、私が魔法学園行きを勧めたのはパンドラ嬢と引き合わせるためだとは思ってもいないでしょうね」

私は思わず苦笑してしまう。

「本人たちはあずかり知らぬことだけどね。あの二人が結ばれるのは運命なのさ」

彼女は機嫌よく笑うと、急にまじめな顔になって詰問した。

「それで、もうすぐ魔神クロノスが復活するけど、あんたはどうするんだ？」

「私は今までどおり商売を続けて金を稼ぐだけですよ。魔王も魔神も興味ありませんな。金に比べたら塵芥《ちりあくた》ほどの価値もありません」

私は自分の本心を語った。それを聞いて、彼女は再び軽蔑の視線を向けた。

「そこまで金銭に執着するかね」

「当然です。金さえあれば人を支配できる。豊かな生活を楽しめる。これほど素晴らしいものが人間の世界にあるのに、なぜ魔神は滅ぼそうとするのか。理解できませんな」

その言葉を聞いた彼女は、やれやれと肩をすくめた。

「まあいい。理性の無い破壊神より守銭奴のほうがマシだ。ならこれからもあたしたちに協力するんだよ」

「金銭さえ支払っていただければ、今後も忠誠を尽くしましょう。ゼウス様」

私は気前の良い取引先である彼女に、うやうやしく頭を下げた。

※　　※　　※

ヘルメスのことを受け入れた俺だったが、ちょっと肩透かしをくらった気分になる。

意外なことに彼はテキパキと差配して、島から逃げ出していた避難民たちを戻し、金山や漁の利権も彼を中心とした商人たちに不満が起こらないように分配した。皮肉にもそのおかげで、あっという間にサド島は平穏を取り戻すことができた。

いずれ俺を油断させて、この島を乗っ取るつもりなんだろうけど、さしあたって俺には片付けないといけない問題が多すぎた。

「領主って結構忙しいな……」

ごめんなさい。ちょっと領主の仕事を舐めていたかもしれません。領民の陳情や町の再建の手配、鉱山労働者と町の住人の争いの仲裁とか、目の回るような忙しさだ。

一応、義勇兵に参加した人に手厚くなるように配慮して、町の土地や私有財産なんかも分配したんだが、王都に逃げ出した地主や商人たちが土地を返せってうるさい。お前たちは兵力も金も出さなかっただろ。没収だよ！

そんな風に各勢力とやりあっていると、パンドラが言っていたヘルメスを掣肘できる人物がやってくるという知らせを受けた。

「シャイン教会の本部からやって来るんだって？」

「うん。ババアが婿に会いにくるって」

パンドラの顔は無表情だったが、最近俺はその微妙な変化を読み取れるようになってきた。この顔はちょっと警戒しているな。

シャイン教会はこの大陸中に根を張る教団で、その構成員はほとんど女性である。シスターたちは美人で魔法が使えるので、各地の有力者ともつながりが深い。国境をまたいで活動しているので、ある意味国よりも厄介な存在だよな。

そういえば、パンドラもそこのシスターだったな。

「そのババアって、いったい何者なんだ？」

「シャイン教会総司教ゼウス。私の祖母」

パンドラの言葉を聞いた俺は、腰が抜けるほど驚いた。

「パンドラって総司教の孫だったのか？」

「正確には祖母じゃなくて、もっともっと前のババアだけど。私みたいなのはいっぱいいる。そもそも司教のシスターは全員ババアの子孫」

なんか俺、今とんでもない事を聞いた気がする。

「全員って……何人いるんだよ」

「さあ？　千人以上は確実」

マジかよ……各地の国王や貴族、有力者と懇意にしているシスターが全員総司教の子孫で、それが千人？　それって全世界の影の支配者じゃないの？

「あたた……腹が痛くなってきた。今回は体調不良のためお断りするってことで」

「もう遅いよ。坊や」

いきなり部屋に妖艶な声が聞こえてきて、光が差し込んでくる。キラキラと輝く光が集まり、人間の姿を作った。

白髪の三十代くらいの美女でシスター服を着ていたが、どこか艶っぽい雰囲気が感じられる。その美女は俺をジロジロ見つめると、納得したように頷いた。

「ふーん。あんたが当代の『道具』か。可愛いじゃないか。あたしの子孫じゃなかったら、食べちゃいたいぐらいだよ」

美女が俺の頭を撫でながら言うと、パンドラは目を吊り上げた。

「ノアは私のもの。ババアでも手を出したら許さない」

「残念だねえ。美味しそうなんだがね。ま、仕方ないか」

美女は軽く笑うと、あっさり引き下がった。

「俺があなたの子孫？」

「ああ。あんたは私の孫の孫の孫の孫の孫だよ」

俺の超婆さんを名乗る美女は、そういって笑った。

「改めて名乗るよ。あたしはゼウス。シャイン教団総司教にして、先代道具の従者の妻。その正体は光の魔王さ」

ゼウスは堂々と魔王宣言をした。

「魔王って……えっと……ゼウス様？」

「気軽に婆さんと呼んでいいよ。あたしの子孫。うーん。いい感じに人間の血を取り込んだね。これであたしの四百年かけた世界戦略が実ったってことだね」

婆さんは俺をジロジロ見ながら、また訳のわからないことを言い出した。

「いったい何のことかわからないのですが」

「そうだねぇ。あんたはこの光の魔王であるあたしの大事な子孫だ。一から説明しようかね」

ゼウスは四百年から続く、彼女の世界戦略を語りはじめた。

「そもそもあたしたちサキュバスは人間の精気を吸わないと生きていくこともできない。人間が滅んだら私たちも用済みとして消されてしまう。だから、あたしは光の魔王でありながら、無限の精気を持つヘパイトスに寝返り、彼の妻になったのさ」

そういって、うっとりした目になった。

「彼は本当にいい男だったね。あたしは彼と愛し合い、サキュバスの魔力吸収の能力を引き継いだ子を産んだ。だけど、ちょっと誤算があってね」

婆さんは困ったように頭を掻いた。

「誤算？」

「あたしたちの子供が勇者によって魔神も魔王も封印された後の世界を支配する予定だったんだが、能力がうまく折り合わず、ヘパイトスの無限精気の能力は男の子に、あたしの魔法使用の能力は女の子に分かれてしまったのさ」

なぜか俺とパンドラを見比べながら、おかしそうに笑う。

「その二人を掛け合わせたら、無敵になるんだけどね」

「おい」

危ない発言に、俺は思わず突っ込んでしまった。

「わかっているよ。いくらあたしだって、兄妹に直接〇〇〇させるのは無理だろ？　だから男の方を世界に放って、人間の血を取り込ませたのさ。いつかヘパイトスの子孫とサキュバスの子孫を掛け合わせて、完全体を作りだすためにね」

ゼウスはまるで競走馬のブリーダーみたいなことを堂々を言い放った。

「完全体？」

「そうさ。あんたとパンドラは、もう充分人間の血を取り込んでる。これで能力が分かれることなく融合できるだろう。あんたらの子は、大地から精を吸収して生命を保ち、さらに無限の魔力を使って魔法と魔道具を使いこなせる完全体になる。人間も魔族も超えた、この世界の真の支配者さ。そうやってあたしの子孫で世界を満たすのが、魔神も他の魔王も出し抜いた私の戦略さ」

光魔王ゼウスは、色っぽく笑った。

「あたしたちはこの四百年、色と宗教的権威で男たちから金と人脈を得た。そのすべての力を使って、あんたの後押しをしてやるよ」

そうですか。協力はありがたいけど、なんか複雑だな。魔王に滅ぼされなくても、俺たちに子孫が生まれたら今の人間はそのうちに絶滅しそうだ。

まあいいか。別に俺は人間を守りたいわけじゃないし。

「婆さんの思惑に乗るのは、ちょっと歯がゆいが」

俺はちょっともったいぶって言ってやった。

「あんたに協力するのが、一番俺の利益になりそうだな」

「そうさ。新たな王となる我が孫よ。あんたの思うまま、新しい世界を創るがいい」

ゼウスはそういって、くっくっくと笑った。

16話　王への試験

「それで、今日は顔見せにきたのか？」

「ああ、そうだ。これからのことを話し合わないとね」

ゼウスがパンドラを見ると、彼女は頷いてポケットから無限収納箱を取り出した。

「ノア、ババアと中に入って。大事な交渉があるみたい」

「婆さんと？　変なことされるんじゃ？」

俺はちょっと警戒するが、パンドラは首をふる。

「身の危険を感じたら、すぐに声を上げて。取り出すから」

「わかったよ。それじゃ婆さん、いこうか」

俺はゼウスの手をとり、箱に反対側の手を突っ込む。俺たちは箱の中に入っていった。

「ほう……懐かしいものがいっぱいあるねえ」

ゼウスは無限収納箱の中に入れていた魔道具たちを見て、目を細める。

「俺も少しずつ研究しているんだけど、使い方がわからないんだ。これってなんなんだ？」

俺は鉄でできた籠の中に変な花みたいなものが入っている魔道具について聞いてみた。

「ああ。これは送風機だよ。中の花が回転して風を送るんだ」

「しょぼい。何の意味があるんだか」

俺はただ風を作り出すだけの道具と知って失望してしまう。

「さあねえ。ヘパイトスという男も謎が多かったからねえ。ここではない異世界から来たとか、古代文明世界の生き残りだったって話もあるよ。あたしが何回も聞いても、さびしそうな顔ではぐらかされていたからね」

ゼウスはそういうと、中にあった二つの壷を持ち上げた。そして何のためらいもなく、蓋をはずしてしまう。

「はい。オープン」

「あっ！」

二つの壷から蒸気が立ちのぼって、俺は驚いてしまった。

「おい、何すんだよ。苦労して魔王を閉じ込めたのに」

「どの道、こんなちゃちな封印じゃ長続きしないよ。魔王を封印するなら、それなりの作法ってものがあるのさ」

ゼウスはそういうと、ニヤニヤして俺を見る。

「さあ、試験だよ。新たな王としての器を見せてみな！」

その言葉と同時に、俺の目の前に海魔王ポセイドンと土魔王ガイアが現れた。

ポセイドンはめっちゃ怒っているようです。それに対してガイアは眠そうだった。

「おう坊主。よくも俺様を封印したな」

「もう新天地に着いたのかい？　いや、ここは違うね。どういうことじゃ？」

二人して俺を責めてくる。そんなこと言われても。

「ノア？　どうしたの？　何か起こったの？」

上のほうからパンドラの声が聞こえてくる。助けてください。

「パンドラ、あんたは黙ってな」

ゼウスの手から光が出て、上空に向かう。空にあいていた出口はふさがれてしまった。

「さあ、新たな王になりたいなら、二人の魔王を納得させてみな！」

「でも、どうすれば！」

俺は苦情を言いたかったが、その前に魔王が襲い掛かってきた。

「死ね！　大深海」

ポセイドンから出た水が俺を包みこもうとする。

しかし、魔力で作った水は、俺に触れた途端消えてしまった。

「てめえ……前から思っていたけど、その魔法を無効化できる力はなんなんだよ！　それってもしかして……」

ポセイドンが悔しそうに言うと、彼の後ろから声がかかった。

「それは、あたしが人間に与えた『光』の力だよ。魔力を分解して無効化しているんだ」

驚いたポセイドンとガイアが振り向くと、にこにこと笑っている光り輝く女性がいた。

「ゼウス！」

「お二人さん。お久しぶり。これで六魔王のうち三人がそろったね」

ゼウスは自分が裏切った魔王たちを見ても、平然としている。

「こいつに力を与えたって？　どうやって？」

「簡単なことさ。あたしは人間と結ばれて、子供を作った。その子孫がこいつさ」

ガイアの問いに、ゼウスはいたずらっぽく答えた。

「そんなことができるなんて……」

「どうする？　坊やは私の子孫で、『道具』の血も引いているサラブレッドだよ。もちろん魔法も効かないよ」

ゼウスが煽ると、ポセイドンは歯をむき出して威嚇した。

「関係ねえ。死ぬまでボコってやる」

「だってさ。どうする？」

ゼウスは今度は俺のほうを向いて煽る。俺はあわてて手を上げて降参した。

「降参します。話し合いをしましょう」

当然だよな。何十本も触手がある化物と殴り合いして勝てるとは思えないもんな。それを聞くと、ポセイドンは気勢を削がれたように振り上げた触手を降ろした。

「……てめえ、何のつもりだ？」

「だから、元々俺は人間を守るつもりはないんですって。自分と身内だけが安全ならそれでいいから、話し合う余地があると思います」

俺は命がけでポセイドンを説得した。

「話し合いって何だよ？」

おっ、ちょっと食いついてきたな。

「ポセイドン様も言っていたでしょう。俺たち人間がこのアトランチス大陸からいなくなったら、和解してもいいって。俺は自分と身内と支えてくれる人を連れて、この大陸からいなくなるつもりです」

そう言われて、ポセイドンは興味を引かれた顔になった。

「この大陸から人間を連れて出て行くってか？」

「新大陸で俺たちを傷つけないって約束してくれるなら」

俺の言葉を聞いたガイアは頷く。

「別に良いぞ。人間などワラワが支配する大地の上を這い回っておる動物にすぎん。ワラワが養う種がひとつ増えたところで、なにほどのこともないわ」

ガイアさん、結構器が大きいですね。

「そりゃ、俺はもともと海を支配しているんだから、陸に生きる人間なんてどうでもいいけどよ。クロノス様の命令で戦っているだけだし。だけどどうすんだ？　どうやってこの大陸から人間を運ぶんだ？」

ポセイドンさん、痛いところをついてきます。どうやって答えるか迷ったけど、時間稼ぎをすることにした。

「それは……今から新大陸を探索して、見つかったら少しずつ運ぼうかと思います」

俺の提案に、ポセイドンは触手を顔の前に出して、チッチッと振った。

「そんなんじゃ全員は運べねえぞ。たとえ俺たちが人間と戦わなくても、風と火と闇の魔王は人間を恨んでいるからな。復活するなり大暴れするだろうさ」

「風はどうかねぇ？」

ゼウスが茶々を入れてくるが、魔王が人間を虐殺するということは俺にも予想がついていた。

だけど、俺はゆっくりと首を振る。

「それは勇者に任せます。俺は何度も言うように、人間を救いたいわけじゃないので。身内にならない人間がどうなろうが知ったこっちゃないです」

俺は本音をぶっちゃけた。

「ほう。面白いことを言うな。お前が必死になって勇者に協力して、すべての人間を救おうとは思わないのか？」

「俺の力はあくまで他人を補助するだけで、そもそも直接の戦闘力もないんですから。そこまで大きい責任を背負わされる義理はないですよ」

俺はちょっと笑ってから、話を続けた。

「だから、勇者に協力して魔王と戦いながら、裏で仲間を連れて逃げ出します。魔王さんたちは新大陸ヨーロピアンに逃げた人間には手を出さないようにしてください。勇者が負けたら俺は無駄な抵抗せずに、この大陸を魔族に明け渡しますから」

俺の言葉を聴いたポセイドンは呆れた顔をした。

「なんともてめえに都合のいい話だな……なんで形だけ勇者に協力するみたいなことをするんだ？最初から俺たちに寝返ればいいだろうに」

「今の俺が何言ったって、人間は動きませんよ。魔族の脅威にさらされなかったら、わざわざ安定した生活を捨てて逃げ出すなんてしないでしょ？　魔族と戦いつつ時間を稼いで、その間に気に入った人間だけ移住させるんです」

それを聞いて、ポセイドンは首を振った。

「それだけじゃ納得できねえな。そもそもてめえを信用できねえ」

「なら、このまま封印されたままでいますか？　この『パンドラの箱』からはたとえ魔王といえども出られませんよ」

俺は手持ちのカードを切る。万一封印が解けた時のため、封神壷を箱の中に入れていたんだけど、正解だったな。

「うっ……」

ポセイドンさん、困っています。

「ワラワはそなたに協力するぞ。難しいことはワラワにはわからん。ワラワが欲するには水ときれいな大地のみじゃ」

まあ、ガイアさんは植物だもんな。基本的に無害なんだろう。

「……もし、勇者が魔神様を倒したらどうするんだ？」

「どうせ倒されても再降臨するんでしょ？　四百年も時間稼ぎができたら万々歳ですよ。国や勇者は用済みになったら俺を排除するだろうし、俺は新大陸に逃げて二度と魔神たちと関わらないように子孫にも伝えます。そうしたら、四百年後の戦いでは魔族が確実に勝つでしょう？　それを保証するために、ポセイドンさんは封印せずにずっと俺の子孫を監視しててもらおうと思います」

こうやって俺は魔族の勝利への筋道を説得すると、ポセイドンは納得した顔になった。

「仕方ねえ。どうせ俺たちは不死だしな。今回負けても、四百年後に確実に魔族がこのアトランチス大陸を支配できるなら悪くねえか」

やった。ついにポセイドンを説得できたぞ。

そう思っていると、くっくっくという笑い声が聞こえてきた。

「ふふふ。なんとも玉虫色の解決法だね。だけど、まあ合格だね。相手にも自分にも利益を配慮できるやり方は面白い」

ゼウスの婆さんがいかにも正解みたいなことを言ってくるから、ちょっと腹が立った。

「どうだい？　あたしの可愛い孫は。なかなか見所があるとは思わないかい？　争いばかりで決着をつけようとする愚か者とは一味ちがうだろう？」

何自慢しているんだか。あんたに育てられた覚えはないんだがな。

「話はついたぞ。出してくれ」

「はいはい」

ゼウスの手から出た光が天を貫き、出口が開く。巨大な手が伸びてきて、俺たちを掴んだ。

「ノア、大丈夫？」

「ああ。なんとか無事だ」

次の瞬間、強い力で引っ張られ、気がついたら外に出ていた。

「途中で蓋が開かなくなって、心配した」

パンドラは俺にぎゅっとしがみついてきた。

「ごめんねえ。あんたの大事な人を驚かして」

ゼウスが悪びれずに言うと、パンドラはギロリと睨み付ける。

「二度としないで。もしノアになにかあったら、ババアを永遠に箱の中に封印していた」

「はいはい。怖い怖い」

ゼウスはパンドラの恫喝を軽くいなして、俺の背後に視線を向ける。

「それで、あんたたちはどうするの？」

誰に話しているのかと思って後ろを向いた俺は硬直してしまう。そこには、ニヤニヤと笑うポセイドンとガイアが立っていた。

あ、やばい。俺殺されるかも。

焦った顔になる俺だったが、二人は肩をすくめる。

「仕方ねえ。魔族にとって契約は絶対だ。ヨーロピアンに逃げられるように協力してやるよ」

「ワラワもじゃ。一刻も早くワラワを新大陸に連れて行くのじゃ」

二人の姿が縮んでいく。ポセイドンは白いカモメに、ガイアは小さな妖精になった。

あれ？　意外と可愛いぞ。

「ふふふ。二人も魔王を使い魔として従えるとは、さすが我が孫だよ」

俺はそんな契約をした覚えはないんですけどね。

こうして、俺は三人の魔王を味方につけることができたのだった。

17話　パーティは誰のため？

王都では、国王の命令により魔王討伐を祝うパーティが開かれようとしていた。これは王家と勇者の権威を示して貴族たちを従わせるためである。

「さて、可愛いアレスよ。このパーティではお前のパートナー探しも同時に行う」

「パートナー？　従者にはアテナとアルテミスがいますが」

そう首をかしげるアレスに、アトラス王は猫なで声で告げた。

「そんな下級貴族や平民の端女《はしため》の事ではない。将来の王妃や側妃のことじゃ」

「端女……ですか」

お気に入りの二人をこき下ろされて、アレスは膨れる。しかし王は気にしなかった。

「お前は勇者であると同時に、この国を継ぐ王子でもある。伴侶となるには美しさもさることながら、身分も必要とされる」

「確かに……」

さすがのアレスでも、それくらいのことは分かった。

「その何とかという端女たちが欲しければ、奴隷でもメイドでも愛人でもなんでも好きにするがいい。じゃが、そなたは勇者にして王子じゃ。高貴な血は残さねばならぬ。上級貴族の娘を何人でもよいから娶るがよい。すでに貴族たちには伝えておるからのう」

アテナとアルテミスを好きにしていいと言われて、アレスも納得した。

「分かりました！　勇者らしくハーレムを築いてみせます」

そう言って胸を張るアレスを、アトラス王は頼もしそうに見つめていた。

※　　※　　※

王都で大規模なパーティが行われるという情報は、貴族や商人を通じてあっという間に国中に広まった。貴族はこの機会によい相手と縁を結ぼうとし、商人はそんな貴族にドレスなど高額商品を売りつけてひと儲けしようとする。

「ノア、一応私たちにも招待状がきているけど、どうする？」

「あまり興味ないな。パートナーならパンドラがいるし……ん？」

そこまでつぶやいた所で、俺は考え直す。もしかしたら、魔道具をアピールする絶好の機会かもしれない。

「……まあ、せっかくだから参加するか」

「私たちが結婚したことを、貴族たちに知らせてノアに変な虫がつかないようにする」

パンドラが息巻いているので、俺は苦笑してしまう。確かに俺は領地を得てから、困窮している貴族たちに娘をもらってくれとしつこく話を持ちかけられていた。

「よし。何が売れそうか、ヘレンさんに相談してみよう」

俺たちはパーティに出席するために王都に向かう。久しぶりに来た王都はパーティの準備でお祭り騒ぎだった。

「ヘレンさん。お久しぶりです。それで相談があるんですけど、金持ちの貴族に売れそうなものって何だと思いますか？」

「そうねぇ。よく貴族令嬢も教会に来て、懺悔室で相談するんだけど、『どうやったらパーティで目立てるのでしょうか？』と悩んでいるみたいよ」

ヘレンさんはニコニコと笑いながら教えてくれた。

「パーティで目立つ……か。待てよ。あれが使えるかも」

俺は思いついた魔道具を作って、試しに教会を飾ってみるのだった。

そして夜になり、俺はパンドラやヘレンさんと共に教会の玄関に立つ。

「それじゃ行きますよ。それ！」

俺が玄関に取りつけたスイッチを押すと、教会はまばゆいばかりの光に包まれた。白だけではなく、赤や青、緑といった色とりどりの光の点が点滅して教会を飾り立てている。

「きれい……これは何？」

「基本的な原理は『光筒』と一緒ですけど、光の魔法を色水晶に通すことでカラフルにさせているんです。『イルミネーション』と名づけました」

様々な光の点滅に包まれた教会は、夜の闇の中では目立ち、何事かと信者達が集まってきた。

「おお……神の奇跡か。ありがたやーーー」

感動した信者たちはどんどん寄付箱にお金を入れていく。

「ふふ。これを貴族が着るドレスに応用したいと思います。ヘレンさんは知り合いの金持ちそうな人に声を掛けてください。儲けは折半で」

「わかったわ。ふふ、頼もしいわね。さすがは私たちの王になる人だわ」

ヘレンさんは褒めながら俺の頭をなでるのだった。

※　※　※

数日後、俺たちが滞在している教会に使者が来た。

「ノア様。私どもの主人がお会いしたいと申しております」

やって来たのはミラード商会の執事だった。面倒くさいけど仕方ない。ミラードさんは最初に出資してくれたスポンサーだもんな。

俺とパンドラが馬車にのってミラードさんの屋敷に向かうと、門の所で汗だくになって働いている庭師の少年と目があった。

「お前は、無能のノア！」

「お前、オケサー伯爵の息子か？　こんな所で何やってんだよ」

名前は覚えていないが、俺をいじめていた奴のリーダー格だった生徒である。

「何やっているだと！　お前のせいで俺はこんな目にあっているんだ！」

なぜか俺を責めてくる。どうあしらったら良いか考えていると、執事が出て彼を怒鳴りつけた。

「こら！　新入りの分際でお客様に無礼を働くとは何事だ！」

執事が思いっきり拳骨を落とすと、彼は涙目で仕事に戻っていった。

「お客様、失礼いたしました。あの者には私が厳しく躾けておきますので」

そう言って頭を下げる執事に聞いてみる。

「あいつは一応貴族でしょ？　なんで使用人なんてやっているんですか？」

俺の質問に、執事は薄笑いを浮かべて答えた。

「正確には貴族なのは彼の父親です。法衣貴族として年金をもらえるのは父親の代まで。その息子である彼は、ただの平民に過ぎません。手に職をつけなければ、生きてはいけないでしょう。主人は、そんな彼を哀れんで雇ってあげたのです」

それを聞いて、俺は思わず彼に同情してしまった。貴族だと威張っても、金を持ってなかったら簡単に平民に転がり落ちるんだな。そうなった奴の末路は悲惨だろう。

俺は彼のようなみじめな立場にならないように、改めて商売をして金を稼がないと、という思いを強くする。執事に案内されて屋敷に入ると、ミラードさんが迎えてくれた。

「おお、我らが救世主ノア様。お呼びだていたしまして申し訳ありませんでした。実は話というのは、商業ギルドに属している商人たちが騒ぎだしまして……」

ミラードさんは困り顔で訴えてくる。シャイン教会で販売されているイルミネーションで飾られたドレスが貴族の令嬢の中で評判になり、それを取り扱えない商業ギルドの商人たちから苦情が出ているらしかった。

「私は国に協力することの見返りとして、自由に商売が許されているはずですが？」

「それはそうですが……商業ギルドのマスターである私の立場がないのです。教会に敵対するわけにもいきませんし……」

ミラードさん困っているようだ。まあ、確かにいくら商業ギルドでもシャイン教会に対抗できるわけないもんな。下手をしたら信者にそっぽを向かれて商売ができなくなるし。

まあ彼には投資してもらった恩があるし、なんとか力になってあげたい。

「分かりました。ミラード商会とその傘下の商人にもイルミネーションドレスを卸しましょう。ただし、以前私にちょっかいを出したヘルメスは排除して、情報も伏せること」

俺の言葉を聴いたミラードさんは、ほっとした顔を浮かべた。

「ありがとうございます。そうだ。これを機会に、あなたが作られる魔道具を買い取りしたいと思います。何か売れそうな魔道具はございませんでしょうか？　貴族の令嬢たちからは、アレス王子の気を惹ける物は何かないかと相談されているのです」

「そう言われてもなぁ」

いきなり言われても困ってしまう。考え込む俺に、パンドラがアドバイスしてくれた。

「ノア、魔道連絡板の機能の一つに、『フォトグラフ』という機能がある。光の魔力を使って、映像記録を保存するというもの」

パンドラは自分の魔道連絡板を取り出して、映像を映し出す。俺の寝顔や二人でデートしたときの映像が映し出された。

「これは、画像を任意に加工できる。顔を変化させたり、肌を綺麗にしたりとか」

パンドラの指が魔道連絡板にタッチされると、映し出されたパンドラの目が大きくなったり鼻が高くなったりした。

「あはは……変な顔だな。だけど、それがどうかしたのか？」

「『フォトグラフ』の機能を持った魔道具を売りだせばいい。貴族の令嬢は自分の姿を映像に記録して、キレイになるよう加工して王子に贈れば……」

「そうか！　いいアピールになるわけだな」

俺はパンドラの発想に感心してしまう。

「それは流行るかもしれません。映像が取れるのは一回限定にすれば、高価な魔道具なのに使い捨てということで恒常的に売れるでしょう」

俺とミラードさんはお互いに顔を見合わせてニヤリと笑う。これは儲かりそうだ。

「儲けの取り分は半々ということにして……」

「ありがとうございます。ぐふふ。いや、まさにノア様は救世主でございます」

こうして、新商品の使い捨て映写機『インスタントグラム』は誕生するのだった。

※　※　※

僕はアレス。最近、大勢の貴族の令嬢たちからパーティでのお誘いがくる。

「アレス王子様。クロム子爵家令嬢ナタリー様からお届けものがありました」

侍従が綺麗にラッピングされた箱を渡してくる。

「クロム子爵？　たいした貴族じゃないな。娘の顔も知らないし、僕はパーティの主役で忙しいんだ。そんなどうでもいい娘にかまっている暇はないさ」

そんなことをつぶやきながら、箱を開けてみる。中には拳大の水晶玉が入っていた。

「なんだこれ？」

「最近、ミラード商会が売り出した、画像を再生できる魔道具だそうです」

侍従の説明を聞きながら、僕は水晶玉に手を触れてみると、一人の少女の姿が浮かんだ。

「これは……美しい」

パッチリとした目、艶やかなくるくる巻き毛、豊満な肉体と僕の好みだった。

ふふふ。早くも僕の妃候補を見つけたな。なかなか面白い魔道具じゃないか。侍従にダンスの申し込みを受けるように命令しながら、僕は会えるのを楽しみにしていた。

彼女と楽しく踊って、その後のことまで想像していると。また侍従が別の令嬢から送られてきた水晶玉を持ってくる。その水晶玉に映し出されているのは、長い茶色の髪をまとめたすらっとした美人だった。こういうのもいいな。

その後、何人もの貴族令嬢から水晶玉が送られてきたが、そこに保存されている姿はみんな美少女ばかりだった。しかも全員が光り輝くドレスを着ている。

「なんだ。この国にはこんなに美しい貴族の少女たちがいるじゃないか。なら、身分が低いアテナやアルテミスなんてこだわる必要はないな」

僕は将来の妃たちに手紙を書きながら、彼女たちとのハーレムを想像していた。

※　　　※　　　※

私はアルテミス、サド島戦役で報奨金をもらったので、、ヘルメスおじさんが経営している王都の有名な装飾店に訪れていた。

「えへへ。きれいなドレスを着て、王子を誘惑しちゃうんだ。もしかしたら、パーティで婚約なんてこともあるかも」

そんなことを思いながら、装飾店に入る。店は意外なことに、閑散としていた。

「あれ？　もっと賑わっていると思っていたけど」

首をかしげていると、奥からヘルメスおじさんが出てきた。いつも自信たっぷりだったのに、なぜだか苦虫を噛み潰したような顔をしている。

「おじさん、どうしたの？」

「おお、アルテミスちゃんいらっしゃい。パーティのドレスを買いに来てくれたのかい？　この店最高のドレスを用意するから、がんばってくれ」

おじさんはベテラン店員さんを呼んで、コーディネイトしてくれる。綺麗な黄色のドレスを着た私を鏡で見て、お姫様になった気分がした。

「これなら貴族の令嬢にも負けないわ」

私は満足するが、おじさんの顔色は冴えなかった。

「どうしたの？」

「いや、パーティが行われるから、高いドレスがたくさん売れると思って大量に仕入れたのに、なぜか売り上げが悪くてね。このままだと大損だ」

ヘルメスおじさんはあてが外れたという風にため息をつく。

「こうなったら、アルテミスちゃんに頑張ってもらうしかないな。パーティで注目を浴びて、うちの商会を宣伝してくれ」

「任せて！」

私はヘルメスおじさんのためにも、気合を入れるのだった。

※　※　※

私はアテナ。パーティに出ると両親に言ったら、なぜか反対されてしまった。

「父上、母上、なぜですか！　ご迷惑はおかけしません」

私は食って掛かるが、なぜか二人にはため息をつかれる。

「アテナ。私は貴族とは名ばかりの最下級騎士だ。お前が盾の従者に選ばれたのは、本当に誇りに思う。だが……」

「私たちは心配なの。あなたがアレス王子の妃になりたいと思っているのではと」

父と母に指摘され、私は真っ赤になってしまった。

「そ、そのようなことは考えていません」

「ならば、パーティなど出る必要はあるまい。あれは王子の妃を見つけ出すための催しだ。無骨な騎士の娘など出たら、貴族令嬢に笑われ恥をかくだけだぞ」

わが両親ながら、なんという冷たいことをいうのだろう。私は自分の美貌に自信を持っている。そこらの貴族令嬢などに負けはしない。

「それに、アレス王子の妃になるということは、政治に関わるということだ。戦いしか知らぬお前などに務まるわけがない。上級貴族にいいように弄ばれるだけだ」

「そんなことばかり言っているから、我が家はいつまでも貧しい下っ端貴族のままなのです。私は従者に選ばれました。いつかきっと領地を手に入れてみせます」

私は必死に訴えるが、両親は呆れたように首を振った。

「領地を得るだと？　お前にそんな器量はない。ノア君のような特別な才能でもない限り、そのようなことは無理だ」

「あなたがノア君と仲がいいままで、いずれ結婚なんてことになれば、私たちは彼の家臣となってそれなりの地位に就くという可能性もあったんだけどね。私たちが領地を得るだなんて、おこがましいわ。そもそも領地経営なんてできないわよ」

二人はノアのことを引き合いに出して、私をこき下ろしてくる。

「もういいです！　あなたたちには頼りません。私は自分の力で領地持ちの貴族に成り上がって見せます！」

私はそう言い捨てると、ヘルメスおじさんの店で一番のドレスを買ってパーティ会場に向かうのだった。

※　※　※

表向きは魔王討伐パーティ、裏では僕の妃を探すためのパーティは、王城の大広間で盛大に始まった。

「勇者アレスに祝福あれ！」

大勢の貴族たちが唱和し、僕を崇め称えてくる。彼らも将来の王位は僕のものだということは分かっているんだろう。

そんな中、黄色と青色のドレスに身を包んだ二人の美少女がやってくる。僕の従者であるアテナとアルテミスだった。高級そうなドレスが二人の美しさを引き立てているな。

「アレス王子様。どうかこの後のダンスパーティでは、私たちと踊ってください」

二人はにっこりと笑いながら誘ってくる。ああ、やっぱり身分が低い端女とはいえ美しいな。側妃に迎えたほうがいいのかな。

僕がそう思っていると、衛兵たちのラッパが高らかになった。

「パーティに華を添える令嬢方が入場されます。皆様、拍手でお迎えください」

その言葉とともに会場のドアが開かれ、煌びやかに着飾った令嬢たちが入ってきた。

「……きれいだ……」

華やかに踊る姿を見て、思わず感嘆の声をもらしてしまう。彼女たちの着ているドレスは光り輝く玉がちりばめられていて、カラフルに点滅していた。

「き、きれいなドレス……」

アテナとアルテミスは、それを見た途端萎縮してしまう。なぜか二人が着ている高級そうなドレスが、急に野暮ったく感じられた。

そうだ。これが下賤な者たちと僕たち高貴な者の違いなんだ。彼女たちがいくら美しいといっても、所詮は身分が低い者たち。王子である僕とはつりあわないんだ。

そう思った僕は、静かに二人から離れようとした。

「ま、待ってください王子。私たちとダンスを」

二人はなおもすがってこようとするので、僕は優しく諭してあげた。

「二人とも、少し身分を弁《わきま》えてくれ。ここは学園じゃない。城での僕は勇者ではなく王子なんだ。王子である僕とダンスできるのは、身分がある貴族令嬢たちだけさ」

あえて冷たい態度で突き放すと、二人はショックを受けた顔をした。

「そ、そんな……」

二人ががっくりと肩を落とすと、やってきた貴族令嬢たちが笑い声を上げる。

「思い上がらないでくださいましね。あなた方は従者とはいえ所詮は下賤な兵士にすぎません。戦場以外で王子の傍らに立てるとお思いかしら」

貴族令嬢たちは二人を突き飛ばすと、僕を取り囲んだ。

「さあ、王子。ダンスを踊りましょう」

「あ、ああ。ケホッ」

貴族令嬢たちが付けている高価な香水の匂いで、僕はちょっとむせてしまう。よく見たら、彼女たちはこれでもかとお化粧をしていた。あれ？　彼女たちは充分に美しいはずなのに、どうしてご年配のご婦人のような厚化粧なんだ？

「き、君の名前は？」

「クロム子爵家令嬢ナタリーですわ」

それを聞いて僕は衝撃を受ける。濃いアイシャドーや化粧でごまかしているが、目は細くて狐のような顔だちだった。髪も艶がなく、スタイルも悪い。近くでよく見たら、水晶玉の映像とは別人のような容姿だった。

「王子様ぁ。早くダンスをしましょうよ。そしてその後は……ぽっ」

また別の令嬢が誘ってくる。あれ？　彼女はすらっとした背の高い美人だったはずだ。なんでこんなに恰幅がいいんだ？　他にも僕に群がっている令嬢たちは、よく見たら全員ブサ……いや、美人ではない。ただ派手に飾りたてているだけだった。

「アテナ！　アルテミス！」

僕は慌てて愛しい従者たちを探したが、彼女たちはいつの間にかいなくなっており、僕は途方に暮れてしまうのだった。

※　※　※

城で行われるパーティに、俺とパンドラは参加していた。別に来たいとは思わなかったのだが、「社交界に参加するのも商人や領主としての勤めですよ」とヘレンさんに諭されたのである。

まあ、着ている服は俺は普通のタキシード、パンドラは清楚な黒いシスター服なんだけどね。自分で作っておきながら、あのチカチカ点滅する服は目立ちすぎて性に合わない。

なるべく目立たないように会場の隅っこにいたら、大勢の点滅ドレスを着た貴族令嬢に取り囲まれている王子が目に入った。

「イルミネーションドレスは大成功。貴族の令嬢はみんな着ている」

パンドラは満足そうな顔をしている。俺の影響で商売に目覚めたのかな？

「あれだけ大勢いても、パンドラみたいな可愛い子がいないのが逆にすごいな」

「ノアったら。でも嬉しい」

パンドラはわずかに頬を染める。嘘は言ってないよ。貴族令嬢たちは飾り立てすぎだ。素材が悪いのをごまかしているみたいだけど、かえって下品になっている気がする。

そんなことを思いながらパーティを回っていると、素材だけならパンドラ並みに美しい顔をしているのに、暗い顔をして会場の隅でうつむいている少女たちがいた。

彼女たちも美しいので鼻の下を伸ばした貴族のおっさんや坊ちゃんに話しかけられているが、よほどショックなことがあったのか、相手にせず黙り込んでいる。

彼女たちは俺達を見ると、おずおずと近寄って来た。

「お兄ちゃん……」

「ノア……」

二人の少女、アテナとアルテミスは、暗い顔をして俺に声をかけてきた。

「お兄ちゃん。お願い。私たちを許して」

「私たちとアレス王子は、所詮住む世界が違うのだということがよくわかった。お前、いやあなたとまた昔のような関係に戻りたい。許してほしい」

二人は涙を流しながら、アレスに捨てられたことを訴えかけてくる。

そんな二人を、俺とパンドラは冷たい目で見た。

「……見苦しい。王子に振られたからってノアに擦り寄ってきて。あなたたちにはプライドというものがないの？」

「パンドラの言うとおりだ。俺は王子の代わりかよ。失礼な話だ。王子に忠誠を誓ったんなら、最後まで貫けよ。都合が悪くなったからって、ほいほい男を乗り換えるような女が信用されるかよ」

俺たちは、もはや何の興味もなくなった二人を無視しようとすると、二人がすがり付いてきた。

「待って！　お兄ちゃんにも捨てられたら、私たちどうしていいかわからないの！」

「私たちが間違っていた。このとおりだ」

その場で土下座したので、俺は慌てて止める。

「やめろよ。いくら口先だけで謝ったって、俺は絶対に許さない。許して欲しければ行動で示せ。俺が自分から許せる気になるようにさせてみろ」

そう言い捨てて、俺たちは二人から離れた。

「……いいの？　さすがに哀れ」

パーティ会場の隅で土下座している二人を見て、パンドラが聞いてくる。

「いいさ。俺とあいつらが元の関係に戻ることはもうない。だけど、奴らとはこれからも魔王との戦いで協力することになる。そこでどんな態度をとるかで、また新しい関係を築くことになるだろう。今度敵に回ったら、容赦なくつぶしてやるけどね」

俺はそういいながら、パンドラの手をとる。

「さあ、俺の可愛いお嫁さん。一緒に踊ろう」

「うん。私の旦那様。これからもずっと一緒にいてほしい」

俺たちはお互いに見つめ合い、二人だけで踊り続けるのだった。

18話　代償を求める大人の恐怖

私はアポロ。一応このブレイブキングダムの王太子ということになっている。今は弟で勇者であるアレスの后を選ぶパーティに出席している。父王はこうやってアレスの機嫌をとっているつもりだろうが、全く無意味な行いだと思う。

まあ、どの貴族がアレスに与《くみ》しているか情報を集めるいい機会になるので、全く関係のない私も出席しているのだが。

今私の目の前では、多くの貴族令嬢に取り囲まれてアレスが喜んでいるが、まあ好きにやってくれ。頭の中身に砂糖菓子が詰まっているような甘ったれた貴族令嬢など、いくら与えても惜しくもないからな。

それより大事な人材は、勇者の従者たちなのだが、アレスの側にはいない。どうしたのかと思っていると、なんとノアに対して従者の二人が土下座しているという珍妙な光景が目に入ってきた。

私は訳がわからず、隣にいるヘルメスに聞いてみた。

「彼女たちは何をやっているのだ？」

「わかりません。よりによってこんな場で土下座などと、いったい何事なのか……」

ヘルメスも困惑しているようだった。

「とりあえず、このままでは従者である彼女たちへの信用が落ちる。やめさせよう」

私とヘルメスは、土下座しているアテナとアルテミスの元に駆け寄り、そっと助け起こした。

「お前たち。こっちに来なさい。何があったのだ」

ヘルメスに命じて会場の奥の部屋を確保し、涙を流している二人を連れて行く。

そこでアレスの仕打ちを聞いて、私は思わず顔をしかめた。

(アレスの愚か者め。勇者を名乗りながら、従者たちを従えることすらできないのか)

私なら他の貴族令嬢を娶るとしても、役に立つ二人を切り捨てたりはしない。彼女たちに不満を持たせないように、愛するふりぐらいはして自分に繋ぎ止めるだろう。

「アポロ様……私たちはどうすればよいのでしょう。アレス王子にも捨てられ、ノアも許してくれず、もう頼れる人はいません……」

「せめてお兄ちゃんにだけでも許してもらえなければ……もう戦えないよ……」

アテナとアルテミスは抱き合って泣きじゃくっている、二人は完全に心が折れているようだった。

(やれやれ……たかがこの程度で気力を失う子供に世界を託さなければならないとは、なんとも情けないが、こやつらを引き込めるチャンスかもな)

そう思った私は、あえて優しい顔をして慰めてやった。

「心配するな。もし私に仕える気があるのなら、お前たちの面倒は私が見てやろう」

「アポロ王子様……」

「本当に、私たちを助けてくれるの？」

その言葉を聞いた二人は、すがるような目つきで私を見つめた。ふむ。こうしてみるとアテナもアルテミスも美しい少女だな。もしアレスやノアがいらないのなら、私の妾にしてやってもよいか。

「ああ。お前たちはアレスやノアと同様に、魔王を倒すのに必要な人材だ。世界を救った後、王になる私に仕えよ。そうすれば、貴族にしてやろう」

その言葉を聞いた二人は、希望を取り戻して私の前に跪いた
「私たちは、アポロ王太子様に忠誠を誓います」

「もうアレス王子もノアもいりません。アポロ様に一生おつかえします」

二人の熱い視線に、私はあえて冷たい態度で答えた。

「その言葉だけでは信じられぬ。アテナ、それからアルテミスも、言葉だけでは相手に信用されないということがノアとのやりとりでよくわかったであろう。私と主従の契りを結びたいというのなら、すべてを捧げてもらわねばならん」

薄笑いを浮かべて、奥の部屋へのドアを開ける。そこには巨大なベッドが置かれていた。

「覚悟を決めたのなら、来るがいい」

私はそういい捨てて、奥の部屋に入っていった。

※　※　※

私はアテナ。現在私の心は嵐の中の小船のように乱れていた。

アレス王子とノアに見捨てられた私に、アポロ王太子は手を差し伸べてくれた。彼に仕えれば、この誰からにも見てられた私たちの面倒を見てくれるという。

しかし、その代償にすべてを捧げなければならない。私は彼が誘った奥の部屋へのドアを見ながら、どうすればいいのかと途方にくれていた。

私はアポロ王太子がたまらなく恐ろしく感じる。アレス王子にしろ、ノアにしろどこかに子供っぽい甘さがあった。しかし、彼は大人だ。大人が本気になって私たちを支配しようとしている時、果たして抗えるのだろうか。

「アテナ姉……どうしよう」

見ると、アルテミスも震えている。彼女もあのドアを潜ったら、好きでもない相手に自分の身を捧げて、一生仕えないといけなくなるということがわかっているようだった。それは女としての幸せを二度と掴めないことを意味している。

しかし、アレス王子にもノアにも見捨てられた私たちには、彼にすがるしか生きる道がない。このまま帰ったとしても、従者という名前の兵士として使い捨てられ、いずれ魔王との戦いで滅びるだけだろう。

万一生き残ったとしても、それが何になるのか。アレス王子が王になった場合は、身分が低い私たちはほんのわずかな報奨金だけで捨てられるだろう。従者としての栄誉も、領地つきの貴族に成り上がるという私の夢も手に入れられない。

私は覚悟を決めると、アルテミスにささやきかけた。

「アルテミス、お前は帰れ。身を捧げるのは私だけでいい。お前のことは私が王太子に頼もう」

それを聞いたアルテミスは、瞳に涙をためてブンブンと首を振った。

「いや。アテナ姉さんだけ犠牲にできない。汚れるなら私も一緒」

「だが……」

「一緒にいたいの」

そう泣きじゃくるアルテミスを見て、私は悟った。尊敬していたアドルフ師匠と母親が死んでしまい、彼女は常に不安にさいなまれていたことを。だから兄として頼りないノアを嫌い、新たな庇護者を求めていたんだ。

彼女は一人で生きられるほど強くない。私までアポロ王太子のものになってしまったら、生きることに絶望して命を絶つだろう。

「わかった。私たちは常に一緒だ」

「うん」

私たちはもう引き返せない覚悟を決めて、奥の部屋に通じるドアを開けるのだった。

※　※　※

私はヘルメス。アテナとアルテミスをアポロ王太子に任せてしまったが、大丈夫だろうか。

彼女たちはなんだかんだいってもノアに近い少女たちである。今は子供の喧嘩をしているが、所詮は血のつながらない若い男女だ。時間を置いて頭が冷えたら、ノアも彼女たちの美しさに惹かれて虜になるだろう。

その時のために、彼女たちは気持ちをしっかり持っていてもらわないとな。

そう思って大人で美男子のアポロ王太子に慰めてもらう役目を任せたが、あまりにも遅すぎる。まさか、あんな子供たちに手を出したのではないだろうな。

不安になってドアをノックしたら、内側から開かれた。

「ヘルメスか。うるさいやつめ。何の用だ?」

「そろそろ夜も遅いので、アテナとアルテミスを家に送っていこうと思うのですが」

それを聞いた王太子は、不快そうに顔を顰めた。

「彼女たちは今日はここに泊まる。私がついているから心配しなくてもいい」

そういってドアを閉めようとする。不審に思った私が奥の部屋を見ると、大きなベッドの上でアテナとアルテミスが泣き腫らしているのを見た。

「お待ちください。彼女たちに何をするつもりですか？」

「無粋なやつめ。言わなくてもわかるはずだ」

そう傲慢に言い放つアポロ王太子に、私は思わずかっとなった。アテナとアルテミスは、ノアを操る大切な手駒である。それを奪われると思ったら、黙ってはいられなかった。

「なんだその不満そうな顔は。文句があるのか」

「……いえ。ございません」

そう返事をするものの、彼女たちも一種の「ノアにかかわる利権」である。それを侵害しようとする王太子を認めるわけにはいかなかった。

「ほう。従者の二人を手に入れられたのですか。これで勇者に対抗できますな」

機嫌をとるように卑屈な笑みを浮かべて話を持ちかけると、王太子は卑しい笑みを浮かべた。

「まあな。今からたっぷりと可愛がって、従順な奴隷として躾けてやろう」

私は怒りを覚えながら、さりげなく話を持ちかける。

「しかし、無理やり従者を手に入れたことが明るみに出れば、勇者であるアレス王子の怒りを買うでしょうな。陛下に訴えられれば、アポロ殿下に罰が下されるかもしれません」

「貴様は何を言いたいのだ」

アポロ王太子は再び不快な顔になって睨みつけてくる。

「いやいや。そのようなリスクを犯すより、あなた自身が伝説の存在になられたほうが、勇者に対抗できると思いまして」

私は彼の持つコンプレックスを正確についてやった。

「伝説の存在だと？」

案の定、聞き返してくる。私は自分のものに手を出された復讐に、やがて破滅につながるであろう情報を教えてやった。

「四百年前、世界を救ったのは勇者だけではありません。風の魔王を倒した伝説の英雄がいることをご存知ないですかな？」

「伝説の英雄だと……」

「ここから西に行った、商業王国チューリッヒにその英雄の槍は祭られております」

それを聞いたアポロの瞳は輝きだした。

「そ、その槍を手に入れれば……」

「ええ。アポロ様は勇者に匹敵する力を得るでしょう。聖剣アロンダイトに匹敵するその槍の名は、聖槍グングニル。今も正当な持ち主を待っているといわれています」

アポロの顔がどんどん欲に染まっていく。それを見ながら、私は心の中でせせら笑っていた。

（欲深き凡人め。身の程に合わぬ力を求めて破滅するがいい）

私はとっくの昔に捨てた力を使って、アポロを破滅に導こうとする。彼はもう伝説の槍のことで頭がいっぱいになったようで、何事かをブツブツとつぶやいていた。

「では、アテナとアルテミスを連れて帰ってよろしいでしょうか？」

「ふん。そんな端女など好きにするがいい」

私は頷き、不安そうに泣いている二人の元に駆け寄った。

「アテナちゃん。アルテミスちゃん。子供は家に帰る時間だよ。さあ、送っていこう」

「ヘルメスおじさん……」

二人は涙を流しながら、すがり付いてきた。

「自分の身は大事にしないと駄目だ。こんなことをしなくても、君たちが救われる方法はきっとある。すべてを私に任せなさい」

「はい……」

素直に頷く彼女たちを見て、私は従者の二人を完全に手に入れることができたと確信するのだった。

19話　新大陸へ

パーティが終わって数日後。

俺とパンドラは一度サド島に戻って、これからの準備をすることにした。

サド島への船の到着を待っていると、魔法学園の制服を着た少女が二人やってくる。それは絶縁したはずのアルテミスとアテナだった。

「何をしに来たの？　もしかしてまたノアにちょっかいを掛けるつもり？」

パンドラは警戒するが、二人の様子はどこかおかしかった。

パーティでアレス王子に相手にされなかったことがショックだったのか、暗い顔をして俯いている。

「ヘルメスおじさんに『簡単には許して貰えなくても、誠意を見せ続けることが大事だ』といわれてな。見送りに来たんだ。パンドラ、ノアを頼む」

「お兄ちゃんをお願い。これ、好きな食べものだから。あと、季節の変わり目には風邪を引きやすいから、体調に気をつけて」

二人の口調は、本当に俺を心配しているようだった。アルテミスは弁当が入った籠をパンドラに手渡してくる。

「いまさら殊勝な態度をとってもだめ。ノアは私のもの」

パンドラはしっかりと主張しながら、弁当が入った籠を受け取る。何か言い返してくるかと思ったら、二人は疲れたような笑みを浮かべるだけだった。

「ああ。そのことは充分に思い知ったよ。寂しいけど仕方ないだろう」

「私も、なんとかしてお兄ちゃんみたいな優しい人を探してみる。いまさらこんな私を愛してくれる人が見つかるとは思えないけど」

なぜか二人は、自信を失っているようだった。今まで表れていた、従者に選ばれた自分たちは特別で、何を言っても許されるんだというような態度が改まっているように見える。

なんだかわからないけど、そういう態度をとるなら俺も大人の対応をするか。

「見送りありがとう。お前たちも気をつけろよ。特にこの国の王族にはな」

それを聞いた二人は苦笑した。

「わかっているさ。ひどい目に会うところだった」

「アレス王子もアポロ王太子も大嫌い。結局私たちが従者だから利用しているだけで、心の中では身分が低い者たちだって見下されていることがよくわかったの。もう絶対信じないから」

あれ？　何かあったのかな？　アレスには振られたからわかるとしても、アポロとはあんまり絡んでなかったように思うけど。

まあいいや。この国の王族に敵意をもっているなら、今後は手駒として利用できるかもしれない。なんだかんだ言っても二人の持つ『盾』と『杖』は役に立つしな。それに勇者パーティの中で、すべての従者が俺に従うとなればアレスを孤立させることができるだろう。

俺は内心を隠すために、二人に笑顔を向けて別れるのだった。

※　　※　　※

魔王を味方につけた俺は、まだ見ぬ大陸ヨーロピアンを探索するために色々な手を打つ。

サド島の領主の館の近くに大きな倉庫があったので、そこを魔道具の研究所にすることにした。

「ノア、何をしているの？」

無限収納箱からいろいろな魔道具を取り出して並べていると。パンドラが聞いてきた。

「俺には色々考えがあるんだよ。勇者があのアレスだからなぁ。魔神に勝てるとは思えないし。それで、別のやり方も考えているんだ」

俺はアトランチス脱出計画を話した。

「この大陸から逃げだすの？」

「どの道、王や王子は俺を利用するだけして、用済みになったら消そうとするよ。自分たちより力を持つ俺は目障りだろう」

それを聞いて、パンドラも納得する
「そうだね……わかった。私も協力する」

「助かるよ。それで考えたんだけど」

俺は無限収納箱から、送風機を取り出す。スイッチを入れると、ブーンという音がして風が送られてきた。

「これを帆の後ろに設置して、風を送り出して推進力を生み出そうとしたんだけど」

「パワー不足」

パンドラは見ただけで指摘してきた。俺もそう思う。船を動かせるくらいでかい送風機をつけるスペースなんて甲板にあるわけないしな。

「そこで考えたんだ。何も風を生み出して帆に当てなくても、直接これを推進力に変える方法があるとね」

「どうやって？」

パンドラが興味津々に聞いてくるので、俺は実際にやってみることにした。館の風呂場に水を張り、回転する花の部分を水に沈めて動かしてみる。予想通り風呂の水は後ろに押し出されて、水流ができていた。

「すごい。これなら風が無い時でも船は進める。ノアは頭いい」

「そうだろ。新大陸までどれだけ距離があるかわからないんだ。いろいろ対策を練っておかないとな」

パンドラに褒められて、俺は気分を良くする。さっそく新大陸探索用の船に取り付けてみるのだった。

執務室にいた俺に、肩にカモメを止まらせたパンドラがやってくる。

「ノア。これを作って」

彼女が差し出したのは、一冊の本に書かれている武器だった。

「魔法砲？　なんだこりゃ？」

「長い航海にはどんな危険があるかわからない。ポセイドンに聞いた。外洋には魔王のコントロールを受け付けない巨大モンスターがいるって」

彼女の言葉に、ポセイドンが変化したカモメもうなずく。

「北海のクラーケンとか、深海のデイモンイカとかもやばいが、一番怖いのはリバイアサンだな。あいつら人間が大好物で集団で襲ってくるからな」

カモメは器用に嘴を使って、紙にそのモンスターの絵を書く。それは海面を走る大海蛇だった。

「だから、やつらを撃退するのに強大な武器がいるの。ヘパイトスが残した本の中にこれがあった。中に『玉』のレプリカを入れて、筒の中で爆発させる。そのエネルギーで玉を打ち出し、敵に当てて魔法を発動させるの」

パンドラは丁寧に説明してきた。

「へえ……面白いな。投石器よりはるかに強そうだ」

「前回の魔族と人間との戦いで、ヘパイトスはこの兵器で魔神様の城の城門をぶち破ったって話だ。まあ、俺はその頃はとっくに封印されていて、見たことないんだがな」

ポセイドンもその威力を保証してくれた。

「だが、俺の力はあくまで魔道具の製作だぞ。鉄でできた筒を作るって……」

「それはババアのコネでなんとかする。ノアは筒の内部で魔力を爆発させる魔法プラグと玉のレプリカを作っていて。私は魔法を込めるから」

パンドラの提案に俺はうなずく。それから注文の筒が届くまで、研究室にこもりっきりで砲弾を作るのだった。

二週間後
南に位置するドワーフの国バイキングから、細長い鉄の筒が何十本も届く。

「意外と早かったな」

「ババアにも魔道通信板を渡しているから。あれで図面を写して送った」

なるほど。遠くの人間と情報が共有できると、早く仕上がるな。

「よし、取り付けてみよう」

水夫たちに命令して、船の周囲を囲うように筒を取り付けていった。俺はその尻の所に、魔法式点火プラグを取り付けていく。

「玉をいれる」

パンドラが魔法入りの玉のレプリカをセットしてみた。

「よし。目標は沖合いの海面だ。点火！」

筒の尻の部分についているボタンを押すと、微弱な雷が走り、小さな火花が飛び散る。次の瞬間、すさまじい勢いで玉が発射され、離れた海面に着弾して大爆発を引き起こした。

その威力を見た俺は、思わずパンドラに聞いてしまう。

「……何の魔法を込めたの？」

「極大魔法コロナカタストロフィー。私の最強魔法。どうせ使い捨てだからと思って、気合いれて魔法を込めてみた」

パンドラはにっこり笑って、俺が作って渡した玉のレプリカを差し出してきた。

「他の属性の極大魔法も入れてある。試してみる？」

「い、いや。いいです」

なんか俺、とんでもないものを作った気がする。道具の力で極大魔法を使えるってことは、うまく運用したら連発も可能ってことだもんな。この砲を食らったら、アレスなんかひとたまりもないだろう。

この瞬間、俺は勇者を超える『兵器』という力を手に入れたのだった。

※　※　※

俺は魔法学園に休学届けを出すと、忠実な部下となった勇者騎士団の幹部を集めてこれからのことを指示する。

「いいか。アレスのことを監視しておけよ。どの貴族家が彼に接近するかとか、どの貴族の領地で魔物が活性化しているかとか、なんでもいいから情報収集するんだ」

「はい。でも何のために？」

不思議そうな生徒たちに、俺は黒い笑みを向ける。

もちろん、俺たちの将来のためにさ。次の勇者騎士団の出動には、アレスの取り巻きである上級貴族のお坊ちゃんたちも連れて行く。彼らは君たちの部下になる存在だ。だから上官である君たちは良く知っておかなければならないだろ？」

「ノア様……」

幹部生徒たちから尊敬の眼差しが注がれる。だいぶ態度もよくなってきたな。

「アレス王子は当てにならないから、自発的に訓練をしておくように。俺が帰ってきたら、いよいよ本格的な戦いが始まるぞ」

俺はいない間でも影響力を保てるように手を打って、一時的に学園を去った。

サド島に戻った俺は、いよいよヨーロピアン探索航海に出港する。

「後のことは私に任せてください。領主様がいない間、しっかりとサド島を守らせていただきます」

そう慇懃に頭を下げるヘルメスが不気味だが、ゼウスの婆さんの話じゃ奴は金にしか興味がないみたいだ。なら、俺がいなくてもそうひどいことにならないだろう。

港には多くの人が集まり、お祭り騒ぎになっている。

「あれが新型船『フロンティア』号だって。なんでも普通の船の半分の人員で航海できるらしいぞ」

「ここが新しい大陸への出発点になるんだってさ。これから多くの人たちがこの島に集まってくるだろうね」

みなさん期待しているみたいです。これは失敗できないな。

俺は船長の帽子をかぶり、えらそうに命令を下した。

「出発進行！」

俺の命令を受けて船員が帆を開く。いっぱいの風を受けて帆が膨らむと同時に船底につけた送風機の羽が勢いよく回転し、船は順調に滑り出していく。

マストの頂点にはポセイドンの化身のカモメが止まり、グァーグアーと鳴いている。結構喜んでいるんじゃないだろうか。

こうして俺たちは未知の新天地ヨーロピアンを求めて、サド島を旅立つのだった。

UG novels UG014

「無駄」の従者にして闇の黒幕
～勇者は俺の操り人形です～

2019年2月15日 第一刷発行

著　者	大沢雅紀
イラスト	TYONE
発行人	東 由士
発　行	株式会社英和出版社 〒110-0015　東京都台東区東上野3-15-12 野本ビル6F 営業部：03-3833-8777 編集部：03-3833-8780 http://www.eiwa-inc.com
発　売	株式会社三交社 〒110-0016 東京都台東区台東4-20-9　大仙柴田ビル2F TEL：03-5826-4424／FAX：03-5826-4425 http://www.sanko-sha.com/ http://ugnovels.jp
印　刷	中央精版印刷株式会社
装　丁	金澤浩二(cmD)
D T P	荒好見(cmD)

ISBN 978-4-8155-6014-0

大沢雅紀先生・TYONE先生へのファンレターはこちらへ

あて先
〒110-0015
東京都台東区東上野3-15-12
野本ビル6F
(株)英和出版社
UGnovels編集部

本書は小説投稿サイト『小説家になろう』(https://syosetu.com/)に投稿された作品を大幅に加筆・修正の上、書籍化したものです。

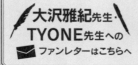